BIBLIOTHÈQUE ITALIENNE
Dirigée par Serge Quadruppani

# LE TAILLEUR GRIS

DU MÊME AUTEUR

CHEZ LE MÊME ÉDITEUR

*L'Opéra de Vigàta*, 1999

*Le Coup du cavalier*, 2000

*La Disparition de Judas*, 2002

*La Pension Eva*, 2007

Andrea CAMILLERI

# LE TAILLEUR GRIS

*Traduit de l'italien (Sicile)*
*par Serge Quadruppani*

Éditions Métailié
5, rue de Savoie, 75006 Paris
www.editions-metailie.com
2009

Titre original : *Il tailleur grigio*

ISBN : 978-2-86424-701-2
ISSN : 1264-5834

*Pour Carlo et Silvana*
*Vrais amis d'une vie*

# 1

Il rouvrit l'œil comme tous les matins à six heures tapantes.

En se redressant d'un quart et en se penchant de côté au risque de tomber du lit, il tâtonna de la main gauche sur la table de nuit, trouva la montre, la prit, se recroquevilla de nouveau, de l'autre main alluma, mata la montre et eut la confirmation qu'il était six heures.

D'un autre côté, il n'aurait pu en être autrement : après plus de quarante ans, son corps était maintenant habitué et avait réglé sur cet horaire une horloge interne toute personnelle qui ne faisait jamais défaut. Donc, même si la veille au soir il s'était couché avec le projet de s'aréveiller* une heure plus tard que d'habitude, le réveil corporel sonnait toujours à six heures pile, et il n'y avait pas moyen de changer l'horaire.

Elles étaient nombreuses les choses matutinales que faisait son corps, pour ainsi dire, en mode automatique. Pourquoi, rien que pour donner un exemple, devait-il se mettre à tâtonner dans l'obscurité jusqu'à ce que la pointe de ses doigts sente le verre de la montre, la prendre en main, allumer la lumière de l'autre main et mater enfin quelle heure il était ? Est-ce qu'il n'aurait pas été plus logique d'utiliser une seule main pour allumer la lumière, prendre la montre et mater l'heure, sans qu'il soit besoin de faire tout ce ramdam ? Avant tout, c'eût été une économie d'énergie. Et de montre, à bien considérer la situation. Passque, durant quarante ans, à force de tâtonner dans

* Toutes les déformations visant à rendre les prononciations (comme *areconnu*, *passque*, *rin*, etc.) sont volontaires. *(NdE)*

l'obscurité, des montres, il en avait cassé trois en les faisant tomber à terre.

Mais comment faire pour régler l'horloge interne sur un horaire différent ? Si ça se trouvait, après quarante ans durant lesquels l'aiguille était restée fixée sur six heures, même un réveil normal, de ceux qu'on met sur la table de nuit, aurait été difficile à débloquer de cette position.

Passqu'à partir de ce matin-là, de s'aréveiller à cette heure, il n'en avait plus besoin.

La veille, il avait pris sa retraite.

Mais, évidemment, son corps n'avait pas reçu la communication officielle de la mise à la retraite, au point que cinq minutes après qu'il s'était aréveillé, malgré une timide tentative de rester encore un peu couché, il s'était retrouvé debout comme d'habitude. De la salle de bain, où ce matin-là la brûlure avait été particulièrement forte, au point de lui arracher des larmes, il était passé dans la garde-robe, petite pièce étroite et longue dont une cloison était entièrement occupée par une armoire murale blanche. Sur les deux valets de bois, Giovanni avait déjà disposé le linge et le complet à endosser. La veille, il ne lui avait pas donné d'ordres précis concernant les vêtements dont il aurait besoin le lendemain, le domestique était donc resté dans les généralités, c'est-à-dire complet gris sombre, chemise blanche, cravate sévère.

Quand il eut fini de s'habiller et qu'il se regarda dans le miroir, il se sentit un peu mal à l'aise. Il s'en demanda la raison. Et la réponse lui vint aussitôt : il était habillé comme tous les jours, exactement comme s'il devait aller à la banque.

Et en réalité, à la banque, il ne devait plus y aller.

Mais il n'avait aucune envie de rouvrir l'armoire et de se choisir une autre tenue. De toute façon, l'entreprise risquait d'être bien difficile. Depuis des années, il n'avait plus eu l'occasion de la rouvrir, précisément depuis le jour où Adele et lui avaient décidé de diviser en deux l'appartement, et il ne savait donc pas quel côté son domestique avait attribué à ses vêtements dans l'armoire. Il se regarda de nouveau dans le miroir et cette fois, s'atrouva décidément ridicule. Il était habillé comme pour un conseil d'administration et, en réalité, la seule chose que désormais il aurait à administrer, ce serait l'énorme quantité de temps qu'il avait à disposition pour rin faire, rin de rin.

Non, il devait absolument se changer.

L'armoire murale était divisée en deux casiers superposés, et chaque casier en six compartiments. Il ouvrit le premier à main droite et le referma aussitôt, il n'y avait là que des vêtements d'été. Le deuxième aussi. Le troisième, en revanche, était bourré de tenues de demi-saison. Presque plus personne ne les portait, du fait que les demi-saisons avaient depuis longtemps disparu, on passait sans transition de la canicule aux frimas.

L'organisation maintenant était claire, les vêtements hivernaux s'atrouvaient dans les trois compartiments à main gauche. Mais à ce point l'envie de chercher encore lui passa définitivement.

Ridicule, d'accord. Mais à qui devait-il rendre compte ? De toute façon, il n'avait pas l'intention de sortir de chez lui et n'avait pirsonne à recevoir. Mais une chose au moins, il pouvait la faire, quelque chose de complètement différent, qui brisait une habitude de quarante ans : ôter la cravate. Il porta la main à la hauteur du cou, commença à tripoter le nœud et le résultat fut qu'il le resserra un peu plus, au risque de s'étrangler. Il essaya de le dénouer, mais n'y parvint pas. C'était comme si ses doigts avaient été appelés à faire un geste non naturel, ils s'y refusaient. Mais comment était-ce possible ? Le soir, en se déshabillant, ça ne lui était jamais arrivé.

Eh oui, le soir. Mais pas le matin à sept heures. Ses doigts, le matin, étaient habitués à faire le nœud, pas à le défaire. Ce pouvait être une explication possible. Et c'était aussi le signe qu'il serait long et difficile d'habituer le corps à des rythmes différents et insolites. Le nœud résista à une ultime tentative. La respiration lui devint difficile. Alors, il courut à la salle de bain, prit le ciseau à ongles et le coupa, jetant les deux bouts de cravate à la poubelle.

Il entendit tambouriner à la porte, mais si discrètement qu'on le percevait à peine.

– Oui ?

– Tout va bien, monsieur ? demanda Giovanni, sur un ton craintif.

– Oui.

– Je vous ai refait du café, monsieur.

Refait. Il s'était trop attardé dans la garde-robe et avait dépassé les délais rigoureux de ses habitudes matinales.

Giovanni, s'étant rendu dans le bureau pour retirer le plateau et ayant trouvé la tasse encore pleine, s'était occupé de lui refaire le café, parce que lui, le café réchauffé lui donnait des brûlures d'estomac. Et il s'était aussi hasardé à lui adresser la parole, en pensant à un malaise.

Le valet avait été avisé dès le premier jour où il avait pris son service : il ne devait jamais se faire voir de monsieur, ou lui parler, avant qu'il ait bu son café.

Depuis qu'il besognait à la banque, il lui était venu cette manie.

Au réveil, tout son être devenait comme une monade, c'est ainsi qu'il avait lui-même défini cette condition particulière en faisant appel à ses souvenirs scolaires, une monade sphériquement refermée sur elle-même, incapable d'ouvrir une seule minuscule faille vers l'extérieur sans en éprouver un sentiment douloureux de lésion. Une voix, un geste, un visage le blessaient. Son cerveau, ainsi protégé comme dans un cocon, pouvait se consacrer complètement aux problèmes qu'il devrait affronter au cours de la journée, de sorte que, quand il arrivait au bureau, dans sa tête chaque démarche à effectuer, chaque décision à prendre étaient claires et définitives. En revanche, dès qu'il avait bu le café, il se sentait disposé à accueillir le monde entier.

Quand il dormait encore avec Adele, en ouvrant l'œil il ne se tournait même pas pour la voir, persuadé qu'il était que de simplement voir le corps dessiné sous le drap, son cerveau aurait été incapable de fermer hermétiquement le rideau de fer. Il se levait prudemment pour ne pas courir le risque de la réveiller et d'un pas rapide et léger de voleur, il parcourait le couloir et les pièces de la grande maison qui paraissait vidée d'autres présences, du fait que le valet et la bonne d'alors avaient su se synchroniser parfaitement sur ses déplacements, entrant dans une pièce dès qu'il en était sorti.

Le temps suspendu de la maison se remettait en mouvement juste après que la personne de service – dix minutes après qu'il se fut enfermé dans le bureau pour se boire une tasse et demie de café, la première sucrée avec une cuillère remplie à ras bord, la seconde sans sucre, en profitant cependant du résidu sucré resté sur le fond –, après que la personne de service, donc, tambourinait très très légèrement :

– Je peux emporter, monsieur ?

– Oui.

Et il semblait que la maison recommençait à respirer après avoir longtemps retenu son souffle, les meubles recommençaient à grincer, on entendait un pas sur le parquet ciré glisser légèrement, très loin renaissait la clochette de la porte de service.

Il se mettait à contrôler les documents qui se trouvaient dans la sacoche préparée par lui la veille au soir et, quand il était plus que sûr qu'ils étaient tous là dans l'ordre voulu, il se levait en donnant un dernier coup d'œil sur l'énorme bureau noir d'acajou (le catafalque, comme l'appelait Adele) hérité de son père et il allait dans l'antichambre, où la bonne déjà l'attendait avec le vêtement de saison, manteau, loden ou imperméable, et le chapeau à la main. Garée le long du trottoir l'attendait déjà la voiture de la banque, la portière arrière ouverte, le chauffeur planté à côté.

Ce matin-là, dès que Giovanni eut retiré le plateau du bureau, il ouvrit comme d'habitude la sacoche qu'il avait ramenée de la banque, mais qu'il n'avait pas touchée le soir précédent parce qu'il n'y avait pas à l'intérieur de documents sur lesquels besogner, mais seulement trois lettres dont il connaissait le contenu par cœur et qu'il avait gardées dans le petit coffre-fort de son bureau. Ici aussi, il en avait un semblable. Il se leva, ouvrit le coffre, prit les trois lettres, les posa à l'intérieur et aussitôt, se repentant, les ressortit, retourna s'asseoir au bureau, les disposa les unes à côté des autres et resta à les fixer. Trois lettres anonymes. Et toutes trois lui avaient été adressées à la banque.

La première remontait à presque trente ans auparavant.

*Fais ce que tu dois faire parce que tu le sais.*
*Et pourquoi tu devrais mourir jeune ?*

Dès qu'elle était arrivée, il l'avait fait lire à Germosino, son directeur de l'époque.

– Et qu'est-ce que ça signifie ?

– Elle est signée Filippo Palmisano, *dottore.*

– Mais qu'est-ce que vous dites ! Puisqu'elle est anonyme !

– C'est comme si elle était signée, croyez-moi.

– Mais qui est ce Palmisano ?

Une question que pouvait se permettre seulement quelqu'un comme Febo Germosino, promu depuis à peine deux mois directeur de filiale et envoyé de Florence à Montelusa.

– C'est le chef local de la mafia, *dottore.* On dit qu'il a trois morts sur la conscience.

Germosino avait blêmi d'un coup, éloignant la lettre de la pointe de son coupe-papier.

– Apportez-la tout de suite aux carabiniers !

– Vous voulez plaisanter ? Palmisano me fait tirer dessus aujourd'hui même.

– Mais qu'est-ce qu'il veut, ce Palmisano ?

– Un ligne de crédit pratiquement illimitée. Il y a quinze jours, il a remporté un appel d'offres pour la construction d'un viaduc et, avant-hier, il en a remporté un autre pour...

– Ben, si ça se présente comme ça…

– Ce sont des travaux publics. Il a remporté les appels en obligeant les autres concurrents à se retirer.

– Mais s'il les a remportés légalement…

– Attention que le risque que nous allons courir est énorme, vu le personnage.

– Et alors, qu'est-ce qu'on fait ?

– Je peux procéder à ma manière ?

Sa brillante carrière avait commencé ainsi. Germosino avait fait valoir auprès des chefs son courage et son dévouement à la banque et, lui, il s'était gagné la renommée de celui qui savait y faire, qui connaissait l'art de s'entremettre, qui réussissait à résoudre les situations les plus délicates.

La deuxième lettre remontait à deux années après qu'on l'eut nommé inspecteur.

*Le sang de Stefano Barreca*
*retombera sur toi et sur ton fils.*

Elle avait été certainement écrite par le frère du caissier de la filiale d'Albanova qui avait creusé un trou d'une trentaine de millions, perdus en jouant dans les tripots de sa ville et des villes voisines. Pour ne pas aller en prison, il s'était tiré une balle. Bonne nuit et amen. Qu'est-ce qu'il prétendait, le frère, sous-secrétaire au Trésor ? Que lui, par pitié et par générosité, il ne fasse pas son devoir ? Mais cet épisode aussi lui avait servi : non seulement c'était un homme qui savait résoudre les cas difficiles, mais il était aussi capable de ne se laisser intimider par personne.

La troisième lettre, arrivée après trois ans de mariage avec Adele, disait :

*Tu sais que tu as plus de cornes qu'un cerf ? Demande à ta dame ce qu'elle faisait hier à cinq heures de l'après-midi au motel Regina.*

Et lui, il l'avait demandé à sa femme le soir même, pendant qu'ils dînaient.

– Qu'est-ce que tu as fait aujourd'hui ?

– Ce matin, je suis restée à la maison puis je suis sortie et j'ai passé tout l'après-midi avec Gianna.

Gianna, l'amie de cœur, celle qui connaissait tous ses secrets, la complice parfaite. L'envie lui passa de poser d'autres questions, il se repentit même d'en avoir articulé une. Et puis, à quoi servirait d'en savoir plus ?

Il se leva, alla refermer le coffre-fort en laissant les lettres sur le bureau. Tandis qu'il revenait s'asseoir, il donna un coup d'œil distrait par la fenêtre. Il sursauta et s'immobilisa.

L'auto de la banque était garée le long du trottoir, la portière entrouverte, le chauffeur debout à côté, prêt à l'ouvrir complètement dès qu'il verrait son passager sortir de l'immeuble.

Qu'est-ce qu'il faisait là ? Il s'approcha prudemment de la fenêtre, en se plaçant de manière à ce que le chauffeur, s'il levait les yeux, ne puisse l'apercevoir derrière la fenêtre.

Peut-être, au cours de la cérémonie d'adieu, avait-il fixé un rendez-vous avec un de ses collègues et se l'était-il oublié ? Verdini, probablement ? Oui, Verdini, qui allait prendre sa place, lui avait murmuré qu'ils devaient absolument se rencontrer... Mais il était sûr qu'ils ne s'étaient pas dit quand.

Il n'y avait pas à réfléchir longtemps, toutefois. Si on lui avait envoyé la voiture, certainement...

Il devait aller se mettre la cravate !

Et juste à ce moment, il vit que le chauffeur tirait de sa poche un portable et se le portait à l'oreille. Ensuite, l'homme ferma la portière de mauvaise grâce, s'installa au volant, démarra et partit. Évidemment, on avait oublié de l'avertir qu'il n'aurait plus à venir le prendre. Il s'assit, fixa de nouveau les lettres. Mais à présent il avait pris sa décision. Il attira à lui le grand cendrier de cristal gardé là pour sa beauté – cela faisait dix ans qu'il avait cessé de fumer –, ouvrit le dernier tiroir du bureau, retrouva une boîte d'allumettes à côté d'un paquet de cigarettes encore scellé dans la cellophane, la prit, en alluma une, mit le feu à la première lettre.

Cinq minutes plus tard, il y avait dans la pièce une fumée gênante et un petit tas de cendres noires dans le cendrier.

Il alla ouvrir la fenêtre pour changer l'air et, vu que personne ne passait, vida au-dehors le cendrier. Au bout d'un moment, il referma la fenêtre et retourna s'asseoir.

Machinalement, sans que sa coucourde lui en ait donné l'ordre, sa main gauche se déplaça vers le haut du bureau mais, n'ayant pas rencontré ce que chaque matin elle y rencontrait, elle resta suspendue en l'air.

Fixant d'un air perplexe sa propre main, il se rendit compte qu'il avait fait le geste de prendre les journaux. Que l'huissier lui avait toujours déposé au même endroit. Et qu'en ce moment, très probablement, Verdini était en train de feuilleter.

Les journaux étaient, en plus, des quotidiens siciliens, *Il Sole-24 Ore*, *Il Corriere della Sera*, *La Stampa* et *La Repubblica*. Il commençait toujours avec le *Corriere*. Il était sûr que Verdini, lui, commencerait avec *Il Sole*.

Plutôt que les lire, il les feuilletait distraitement, s'arrêtant sur les pages économiques et sur les faits divers. À part la nécrologie. Qu'il lisait en entier avec une extrême attention.

Il commença à s'agiter avec inquiétude dans le fauteuil comme si le manque de ces journaux représentait quelque chose qui lui avait été indûment retiré.

À un certain moment, il n'y tint plus. Avoir ces journaux sur le bureau lui devint une nécessité absolue et incontournable. Il pressa le bouton de l'interphone et Giovanni lui répondit immédiatement.

– Va me prendre les journaux.

– Les mêmes que ceux du dimanche ?

– Oui. Ah, Giovanni, maintenant tu me les achèteras tous les matins et tu me les apporteras avec le café.

Le téléphone sonna.

Il agrippa le combiné comme un assoiffé saisit un verre d'eau. À cette heure, au bureau, il avait déjà répondu à une quinzaine de coups de fil.

– Allô, papa, c'est toi ?

C'était Luigi, qui l'appelait de Londres. Il s'inquiéta, les coups de fil de son fils amenaient souvent de déplaisantes nouvelles. Une fois, ses titres s'étaient écroulés, une autre fois il s'était fracturé un bras, une troisième, il s'était bagarré avec un type qu'il ne connaissait pas… Et toujours il utilisait cette voix geignarde en quête de réconfort. Un réconfort qu'il n'avait jamais été capable de lui donner parce qu'il n'avait jamais été capable de remplacer, dans ce domaine, la mère disparue.

– Oui. Bonjour, comment va ?

– On va bien. Et même très bien. Je t'ai appelé à la banque, on m'a dit que…

– À partir d'aujourd'hui je suis un retraité.

– Profite bien de ta retraite, papa. Tu l'as bien méritée. Je voulais te dire que d'ici quatre mois, en plus d'être retraité, tu seras aussi grand-père.

Il en eut littéralement le souffle coupé.

Non pas sous le coup de l'émotion. Quelle émotion pouvait-il ressentir à l'idée de devenir grand-père d'un minot qu'il ne verrait et ne fréquenterait sans doute jamais ? Un vrai grand-père accompagne son petit-fils à l'école, l'emmène au jardin d'enfants, le voit grandir jour après jour… C'était la stupeur qui lui avait ôté le souffle, parce qu'il avait littéralement oublié que son fils s'était marié l'année précédente. Il ne se rappelait même pas le nom de l'épouse anglaise.

– Quelle… quelle bonne… Ta femme…

– Jackie va très bien. Et si ça te dit de venir à Londres rencontrer ton petit-fils, nous avons une petite chambre d'amis, un lit d'une place, et tu pourras rester le temps que tu voudras. Et maintenant il faut que je te quitte. Au revoir, papa…

– Au revoir et embrasse pour moi…

Luigi avait raccroché. Il était encore pas mal abasourdi. Mais bientôt lui revint en tête la phrase diplomatique de son fils sur la chambre d'amis avec son lit une place, qui, traduite, signifiait : ne te risque pas à venir avec ta femme.

Son mariage avec Adele, Luigi ne le lui avait jamais pardonné. Fils unique, il avait toujours été trop attaché à sa mère. Et, quand Michela était morte, le garçon avait été tellement désespéré, tellement immergé dans sa douleur, que lui, pour l'aider, l'avait expédié quelque temps à Londres, chez un cousin qui besognait à la City. Il était revenu changé, plus détaché et souvent comme absent, peut-être à courir derrière une pensée. Après son diplôme, il était parti pour Londres et bien le bonjour chez vous.

Toutefois, avant le mariage avec Adele, il ne manquait jamais de venir à Montelusa pour Noël. Après qu'il s'était remarié, il n'était plus revenu. De rares lettres, des coups de fil à cadence trimestrielle. Tout compte fait, il avait échangé un fils contre une femme. Y avait-il gagné ou y avait-il perdu ? Peut-être, maintenant que sur la balance oscillante Luigi mettait le poids d'un petit-fils…

Léger tambourinement.

– Les journaux, monsieur.

Il prit en main le *Corriere*, mais au lieu de l'ouvrir à la première des pages économiques, il commença à lire la nécrologie. Maintenant il pouvait se le permettre, de donner la priorité aux faire-part de décès, en parcourant consciencieusement les interminables listes de tous ceux qui participaient au deuil.

La porte du studio s'ouvrit et apparut, sans crier gare, Adele. Elle devait s'être réveillée juste à l'instant, elle était en robe de chambre et en pantoufles et odorait encore le lit. Très élégante et vaporeuse, elle avait l'air d'une imitation, elle était l'exacte copie d'une de ces divas américaines en noir et blanc.

Depuis combien de temps est-ce qu'elle ne venait plus le trouver dans son appartement ? Des années, certainement. Mais combien ? Quatre ? Cinq ? Maintenant qu'elle avait à peine abordé la quarantaine, elle était adevenue encore plus belle que quand, dix ans plus tôt, il se l'était mariée.

À l'improviste, il ressentit un désir lancinant de son corps, mais il ne bougea pas, n'ouvrit pas la bouche, attendit qu'elle parle.

– Comment se passe ton premier jour de retraité?

– Bien. Assieds-toi.

– Non, je dois filer. Je suis…

Il voulait la retenir et dit la première chose qui lui passa par la tête.

– Luigi vient de me téléphoner.

– Qu'est-ce qu'il voulait?

– Il m'a annoncé qu'ils vont avoir un enfant.

– C'est bien. Je suis venue te dire qu'aujourd'hui, je dois déjeuner avec Gianna. On se voit ce soir au dîner. D'accord?

– D'accord. Et Daniele?

– Daniele mange à la cantine universitaire.

Sur le seuil, elle s'arrêta, se retourna pour le fixer.

– Attention, tu n'as pas ta cravate.

Quand Adele sortit, il resta immobile, les narines dilatées au maximum, pour saisir la légère senteur de sa peau qui flottait encore dans le bureau.

# 2

Mais lui, il le savait, bien avant qu'arrive la lettre anonyme. C'était arrivé par hasard, précisément au milieu de leur troisième année de mariage. Il se rendait auprès d'un des plus gros clients de la banque, le commandeur Ardizzone, qui s'était fracturé une jambe et ne pouvait bouger de chez lui. Administrateur délégué de la plus grande société d'import-export de l'île, Ardizzone avait menacé de changer d'établissement en prenant prétexte du manque de courtoisie dont il avait eu à souffrir, selon lui, à plusieurs reprises, de la banque. Un pur et simple prétexte, parce que la banque ne se serait jamais résignée à perdre un client comme Ardizzone et ne se serait jamais permis le moindre manquement à son égard. La vérité était qu'à M. l'administrateur délégué, ce que la banque lui glissait en dessous de table depuis des années ne suffisait plus. Et donc, cette fois, la négociation serait longue et difficile.

Ardizzone habitait une villa près de Palerme, pour y arriver il fallait prendre une traverse de la nationale pour Catane. Il y était allé seul avec sa voiture personnelle, autant valait que le chauffeur ne soit pas au courant de cette rencontre. *Moins la chose se sait, plus elle réussit*: c'était un antique dicton qu'il avait adopté comme norme de conduite bancaire.

Ne connaissant pas la route – c'était la première fois qu'il allait à la villa d'Ardizzone – il conduisait lentement. Il venait à peine de prendre la traverse qu'il avait vu, à droite, un motel sordide et mal entretenu, avec l'enseigne "Motel Regina" qui pendait, éteinte, de guingois.

Et il avait vu aussi Adele qui, à peine descendue avec un sac à main de sa voiture arrêtée sur le parking, s'était dirigée d'un pas rapide vers l'entrée du motel, y disparaissant.

Pendant quelques minutes, il s'était convaincu de s'être trompé. Mais il lui suffit de scruter la plaque pour avoir la confirmation qu'il avait vu juste. Immédiatement après, un type mal attifé sortit en courant de l'établissement, entra dans la voiture d'Adele, la démarra, s'arrêta devant un box, ouvrit le rideau de fer avec une télécommande et gara la voiture à côté d'une autre, une BMW, qui se trouvait déjà à l'intérieur.

Sans s'en apercevoir, il avait ralenti jusqu'au point où il allait s'arrêter. Quand il réaccéléra, il fut contraint, pour bien tenir le volant, de se passer les mains, soudain trempées de sueur, sur les pans de sa veste.

Durant la rencontre avec Ardizzone, il fut comme jamais auparavant habile, vif, lucide et courtoisement pressant. Voyant tomber les uns après les autres, démolis de fond en comble, tous les arguments qu'il présentait au fur et à mesure en faveur de sa volonté de changer d'établissement, Ardizzone ne put qu'accepter la proposition raisonnable qui lui fut présentée.

Une heure et demie après être passé devant à l'aller, il se retrouva de nouveau au même endroit.

À droite, la route était bordée par un buisson de lycium passablement haut et épais. Il fit marche arrière, passant par-dessus une rigole peu profonde, parcourut quelques mètres de terre sèche et s'arrêta, complètement dissimulé, à la hauteur de l'entrée de l'hôtel.

Il n'y avait pas de voiture en vue sur l'esplanade mais il était certain que sa femme était encore à l'intérieur. Il s'était passé trop peu de temps, Adele et son amant étaient certainement encore en train de se rouler sur le lit.

Parce qu'à Adele, une heure et demie suffisait à peine pour commencer.

– Mais essaie de raisonner, papa ! Entre cette fille et toi, il y a vingt-cinq ans de différence ! lui avait quasi crié Luigi. Réfléchis, bon sang ! Elle a mon âge !

– Elle aussi a perdu son conjoint, comme moi.

– Ne dis pas de bêtises, papa! Tu es un veuf de cinquante-cinq ans et elle, une petite veuve de trente!

Angelo Picco, pas encore marié avec Adele, était un petit gars trentenaire quand le président en personne le lui avait présenté.

– Je voudrais que vous le preniez comme assistant personnel de manière qu'il puisse tout apprendre de quelqu'un de votre expérience. Je vous en serais reconnaissant.

Il s'était renseigné et avait appris que le jeune homme était le petit-fils préféré d'un haut fonctionnaire de la Banque d'Italie. Pendant trois mois, il l'avait trimbalé puis il avait conclu que c'était sans espoir. Non qu'Angelo fût dur de la comprenette, non, il était intelligent et vif, mais il n'avait aucune espèce d'intérêt pour la banque. La seule chose qui le passionnait était la moto et tout ce qui tournait autour. Il possédait lui-même un puissant engin avec lequel il venait à la banque et qu'il garait de manière à le voir de la fenêtre de son bureau. De temps en temps, il s'approchait de la vitre et lançait au-dehors un regard d'amoureux. La boîte que la banque lui avait fournie, contenant cent cartes de visite, “Angelo Picco – Assistant du Directeur général”, il l'avait glissée dans un tiroir et oubliée.

Au bout de quatre mois, Angelo lui posa sur le bureau un faire-part de mariage et l'invita à ses noces. Lui, naturellement, il n'y alla pas, se limitant à lui envoyer un cadeau. En échange, il reçut une petite bonbonnière de dragées et une carte “Remerciements d'Adele et d'Angelo”. Picco reprit son service après un mois de congé et il fut tout de suite clair que le mariage ne lui avait pas réussi. Angelo était plus distrait et étourdi que jamais. Il décida d'attendre que le jeune homme ait accompli un an à son poste avant d'en parler avec le président. Un lundi, une semaine avant la fin de l'année en question, il décida qu'il serait juste de mettre Angelo au courant du jugement négatif qu'il donnerait au président.

– Envoyez-moi Picco, dit-il par l'interphone à la secrétaire.

– Il n'est pas venu ce matin.

– Il a téléphoné ?

– Non. Vous voulez que je me renseigne ?

– Oui, merci.

Cinq minutes plus tard, la secrétaire entrait dans le bureau, bouleversée.

– M. Picco est mort cette nuit. Il est entré en collision sur sa moto avec un camion.

Il avait considéré comme un devoir d'aller présenter en personne ses condoléances à la pauvre jeune femme restée veuve après huit mois à peine de mariage. Il se trouva devant une petite d'une telle beauté que la douleur et le désespoir du deuil ne pouvaient rien contre elle.

Gainée d'un tailleur noir, ses longs cheveux très blonds rassemblés en chignon et couverts d'un voile noir lui aussi, elle était d'une élégance naturelle qui semblait même jurer avec la situation. Durant cette visite, il dut par deux fois détacher son regard des très longues jambes que les bas noirs rendaient absolument irrésistibles.

– Je le sais bien, que Picco n'a pas eu le temps d'accumuler des points de retraite. Mais nous ne pouvons pas laisser la veuve à la rue, vous en convenez ? Je compte sur vous, soyez à ses côtés et trouvez un moyen de... de...

– J'ai parfaitement compris, monsieur le président.

La deuxième fois qu'il se rendit chez elle, une semaine après la mort de l'époux, il la trouva habillée exactement comme la première. Mais elle n'avait pas le voile sur la tête et ses cheveux étaient dénoués sur ses épaules. Mais, cette fois, il sortit de cette rencontre profondément perturbé. Deux heures de face-à-face, parce qu'ils devaient affronter des questions délicates et il n'y avait pas un geste, un regard, un mouvement d'Adele qui ne lui fît bouillir le sang. Non qu'elle le fît exprès ; il n'y avait, quand elle le regardait, pas la moindre étincelle de coquetterie dans ses yeux. Plus encore, à les observer pour autant qu'il pouvait se le permettre, au fond il pouvait apercevoir le reflet de la récente douleur, toujours présente. Au point que par deux fois, durant leur entretien, il en vit jaillir brièvement des larmes.

M. le président pouvait être tranquille : même si la banque n'était pas intervenue, Adele ne se retrouverait pas à la rue. Elle était orpheline mais ses parents, qui étaient morts dans un accident d'avion durant un voyage touristique à Honolulu, lui avaient laissé un héritage convenable.

La nuit qui suivit la deuxième visite, il ne parvint pas à trouver le sommeil, ses pensées revenant sans cesse à elle. Faisait-elle le même effet à tous les hommes ? Ce qui, en elle, l'avait principalement frappé, hormis sa beauté, c'était une espèce d'ambiguïté mal cachée. La chaste, quoique élégante, tenue noire n'arrivait pas à effacer la sensualité du corps qu'elle contenait. Cette robe imposée par les circonstances apparaissait comme une camisole de force qu'elle avait voulu s'infliger elle-même. À chaque instant, elle avait été réservée, retenue, presque distante. Et pourtant.

Trois mois plus tard, il la revit pour la troisième fois. Elle était venue à la banque signer des papiers, il avait réussi à lui faire avoir une somme extravagante. La période de deuil strict passée, elle portait un tailleur gris de femme d'affaires, impeccable, l'équivalent féminin de son costume.

Cette fois, ils étaient allés déjeuner ensemble. Et avaient parlé de leurs respectifs conjoints disparus. Il lui avait dit avoir un fils trentenaire qui besognait à Londres. Elle avait baissé les yeux.

– Moi, je n'en aurai jamais.

– Pourquoi dites-vous cela ? Vous êtes si jeune ! Vous verrez qu'avec le temps…

– Je suis comme un désert. Même s'il est arrosé, aucune oasis n'y naîtra jamais. Ce sont les médecins qui me l'ont dit.

Instinctivement, il avait alors posé une main sur la sienne, pour la réconforter. Elle avait retiré sa main d'un mouvement brusque et avait regardé autour d'elle. Comme s'il avait fait quelque chose d'inconvenant.

– Excusez-moi, avait-il murmuré en rougissant.

– Voulez-vous venir dîner chez moi la semaine prochaine ? lui avait-elle alors demandé à l'improviste.

Et il y était allé, avec un grand bouquet de roses et le cœur battant la chamade. Elle l'avait accueilli en pantalon de velours noir moulant et chemise masculine à rayures blanches et rouges, manches retroussées.

– C'est moi qui ai fait la cuisine. Dieu sait ce que ça va donner.

Ça avait donné un petit dîner exquis, assaisonné par un petit vin blanc très frais et traître dans son apparente innocuité. Ils avaient parlé sans cesse avec animation et une grande envie de se raconter réciproquement les événements les plus importants de leur vie. Ils avaient continué à parler au salon, assis l'un près de l'autre sur le divan, en buvant du whisky pur malt.

La porte déjà ouverte, au moment de se dire au revoir, elle lui avait tendu une joue. Lui, il l'avait baisée et n'avait pas réussi à détacher ses lèvres de la peau. Alors, Adele l'avait brusquement repoussé.

– Excusez-moi… Pardonnez-moi, Adele, je..

– Attendez.

Elle avait fermé la porte après un rapide coup d'œil vers les deux autres portes du palier, elle s'était tournée et jetée dans ses bras avec un élan tel qu'elle le fit vaciller.

Non, Luigi se trompait. Depuis la première fois où il s'était retrouvé au lit avec Adele, il s'était convaincu que, oui, l'âge pouvait en partie jouer, mais que même un garçon de vingt ans ne serait pas capable d'être à la hauteur. Elle faisait l'amour avec une totale absence d'inhibition, avec une fougue bouleversante, sans aucune vergogne, prête à tout, sans avoir jamais envie d'arrêter.

À la fin de chaque nuit, il était épuisé, elle fraîche comme une rose.

Durant les deux premières années du mariage, sa carrière avait souffert, il avait commis deux ou trois erreurs qui ne lui avaient été pardonnées qu'en raison de leur insignifiance par rapport à l'abondance de ses mérites, mais son physique, non, il n'en avait pas souffert. À se mater nu dans le miroir, il se voyait comme dégonflé, les poignées d'amour disparues, les muscles durcis et en voie de gonflement. La jeunesse était-elle contagieuse ? Non, Adele, outre l'amour, ne lui offrait certes pas une nouvelle jeunesse, mais quelques années de vieillesse, ça oui, elle les lui effaçait.

La nuit, s'il dormait quatre heures, c'était le bout du monde. Plusieurs fois, ils s'étaient endormis alors qu'ils étaient encore en train de faire l'amour. Le matin, il se levait, non pas fatigué, mais totalement incapable d'encoconner son cerveau pour se concentrer sur le travail qui l'attendait à la banque. Parce que sa coucourde aussi était tout occupée d'Adele, il ne faisait que se repasser en mémoire ce qu'ils avaient fait quelques heures auparavant, et ce qu'il y avait de merveilleux, c'était que ce passé récent, il suffisait qu'il le veuille, et il pouvait redevenir présent immédiat.

Un matin, alors qu'il venait juste de finir de prendre sa douche, il entendit une espèce de gémissement dans la chambre à coucher. C'était sûrement Adele qui faisait un mauvais rêve. Il entra dans la chambre sans bruit. Adele avait rejeté le drap et se recroquevillait, les yeux fermés et la bouche entrouverte, nue, dos cambré, la main droite entre les jambes et la gauche passant d'un téton à l'autre, tandis que le gémissement prenait une tonalité sans équivoque.

Il se replia doucement dans la salle de bain. Sur le moment, il se sentit un peu humilié. Mais ensuite, en raisonnant là-dessus, il arriva à la conclusion que le problème n'était pas chez lui mais chez Adele.

Et avec la lucidité qui l'avait toujours gouverné il sut qu'inévitablement un jour viendrait où Adele ne pourrait faire autrement que de le trahir.

Trois heures avaient passé. Adele était sûrement en train de se rhabiller. Ce fut alors qu'il éprouva l'unique, vraie morsure de la jalousie. Qu'Adele se fût donnée à un autre entrait, la connaissant, dans un ordre des choses inéluctable. Mais qu'elle accordât à son amant la possibilité de la voir pendant la cérémonie, ça, c'était trop.

Parce que le moment où elle s'habillait, auquel il lui était donné d'assister seulement le dimanche matin, était une véritable cérémonie qui commençait par une longue purification de son corps. Pour se laver, elle utilisait deux savons. Avec le premier, elle se savonnait des pieds à la tête debout devant le lavabo. Puis elle allait se doucher en veillant à ne laisser sur aucune partie du corps la moindre trace de mousse. Puis, en restant toujours sous le jet, elle utilisait le deuxième savon.

Une fois, il avait tenté :

– Tu me laisses entrer ?

Il avait envie de la savonner partout, devant et derrière, de la serrer fort pour la sentir glisser contre lui comme une anguille.

– Ne t'y risque pas !

Un ordre sec, donné sur un ton irrité qui n'admettait pas de réplique. Et il avait obéi, se limitant à la mater à travers la vitre opaque du box, assis au bord du jacuzzi qu'elle utilisait rarement. Après, elle sortait de la douche et s'essuyait en se regardant dans le miroir qui occupait tout l'arrière de la porte. La grande serviette jetée à terre, elle prenait le petit pot de crème, spécialement préparé chez l'herboriste, qu'elle étalait longuement sur ses seins. Durant le massage, il voyait les tétons durcir et se dresser. Mais, dès la première fois, Adele avait établi qu'il pouvait assister au rite sans y participer, comment dire, émotionnellement. C'est pourquoi, pour éviter tout risque, dès qu'elle avait jeté la serviette, il la ramassait et se la mettait sur les jambes.

Après les seins venait le tour des bras et des jambes. D'abord, elle procédait à l'épilation des aisselles avec un rasoir de couleur verte puis, ayant pris en main une loupe, explorait millimètre par millimètre ses bras et ses jambes à la recherche de quelque poil inexistant, elle avait la peau lisse comme une boule de billard. S'il lui semblait en voir un, elle l'arrachait avec les pincettes. Les cires, qu'elle tenait aussi prêtes, étaient parfaitement inutiles. Puis, elle se massait longuement avec une autre crème personnelle.

Ensuite, assise sur le tabouret de plastique blanc, les pieds appuyés sur le bord de la baignoire, genoux pliés, dans la main gauche un miroir à manche et dans la droite un petit rasoir, cette fois rose, elle abolissait ou réduisait le contour blond-roux de ses parties intimes. Avec une autre crème, elle se massait les fesses et la partie interne des cuisses. Suivait le soin des pieds, à leur tour enduits d'un autre type de crème. Sur les ongles, elle se passait au pinceau quelque chose qui les rendait très brillants.

Ensuite, toujours nue, elle gagnait la grande garde-robe à côté de la salle de bain. Il la suivait et avait droit à un tabouret. Assise sur le pouf de la table de toilette, elle se faisait une petite retouche aux sourcils et se mettait une très légère trace de rouge à lèvres rose sur les lèvres. Elle n'en avait aucun besoin, mais le faisait quand même. Le seul moment où il pouvait participer au rite était quand elle lui tendait, sans mot dire, la brosse à cheveux. Debout derrière elle, il les lui brossait pendant une demi-heure. Ensuite, il revenait à sa place.

Alors, elle pivotait, tournant le dos au miroir de la table de toilette, et, toujours assise, roulait le premier bas. Ensuite, penchée en avant, ses seins si fermes qu'ils ne bougeaient pas même dans cette position, elle glissait la pointe du pied dans le bas et commençait à le dérouler très très lentement. Et, avec une lenteur également infinie, elle relevait la jambe au fur et à mesure que le bas remontait de la cheville au mollet puis à la cuisse. Enfin, la jambe complètement dressée comme une danseuse, elle exerçait l'ultime traction sur le bas de manière à ce qu'il adhère parfaitement à la peau, sans le moindre minime pli. Après avoir gainé aussi l'autre jambe, elle mettait le soutien-gorge en restant assise. Elle se dressait, culotte à la main, et, pour l'enfiler, lui tournait le dos. Ensuite, elle ouvrait les portes de l'armoire et se mettait à aller et venir devant lui, en chantonnant bouche fermée.

Quand elle décidait comment se vêtir, elle n'avait pas de repentir. Sauf que, étrangement, les gestes qu'elle faisait pour se vêtir s'avéraient beaucoup plus provocants que ceux d'un striptease.

Si, par exemple, elle enfilait un pantalon, les mouvements sinueux de son bassin et de ses flancs mimaient impitoyablement un autre mouvement.

L'homme mal nippé sortit en courant du motel, ouvrit le garage, sortit la BMW et rentra. À peine cinq minutes plus tard apparut un noir. Très grand, une allure d'athlète. Il le reconnut parce que son image apparaissait, depuis un certain temps, à la télévision locale qui, chaque semaine, s'étendait sur les triomphes de l'équipe de basket. Le noir en était le pivot, engagé à prix d'or aux États-Unis. L'homme entra dans la voiture et partit.

Mais comment avait fait Adele pour le rencontrer ?

Il se dit que c'était une question crétine. Moins d'un an était passé depuis leur mariage, quand Adele avait été élue présidente du cercle de la banque, doté d'une piscine olympique, de deux terrains de tennis, d'un énorme salon de réception. Elle l'avait certainement rencontré à une fête en l'honneur de l'équipe qui jouait maintenant dans le championnat national. Cercle dans lequel lui n'avait jamais mis les pieds.

Mais quelle importance, où ils s'étaient rencontrés ?

Adele, un peu parce qu'elle était sa femme et un peu parce qu'elle avait révélé une capacité insoupçonnée, était devenue aussi présidente du cercle de bridge, d'une association de bienfaisance très huppée qui rassemblait les dames les plus en vue et était aussi vice-présidente de la société qui gérait l'équipe de foot. Toutes choses auxquelles il ne s'intéressait pas le moins du monde. Et, du reste, elle ne lui avait jamais demandé de l'accompagner dans sa vie mondaine.

Le compte rendu de ses activités était devenu le sujet principal sinon unique de leur conversation durant le dîner.

Ensuite, devant la télévision, il ne serait plus nécessaire de parler.

Au bout d'une demi-heure, l'homme mal nippé sortit la voiture d'Adele. Elle apparut. Avant, il ne l'avait vue que de dos et, sous l'effet de la surprise et du désarroi, n'avait pas noté le vêtement qu'elle portait. Elle était vêtue comme l'institutrice d'un très raffiné collège anglais, jupe à mi-mollet, chaussures plates, élégante cravate bouffante sur chemisier noir à pois blancs, veste rigoureusement serrée. Ce n'était certes pas la tenue adaptée pour une rencontre amoureuse. Il la vit monter en voiture, démarrer, partir.

Et donc, elle n'avait pas permis au noir d'assister à la cérémonie des ablutions purificatrices. Il lui en fut reconnaissant.

– Qu'est-ce que tu as fait de beau, aujourd'hui ?

– Ah, écoute, j'ai eu une réunion très longue et très ennuyeuse de l'association de bienfaisance. Elle s'est terminée depuis peu. Le directoire s'est scindé en deux sur la question de savoir si une dame que tu ne connais pas doit être admise ou pas comme membre. J'ai remarqué comme un acharnement contre elle.

– Pourquoi ?

– Des bruits circulent sur son compte. Il paraît qu'elle trahit son mari.

– Et si vous découvrez qu'une adhérente trahit son mari, comment vous vous comportez ?

– Nous faisons en sorte qu'elle démissionne.

Voilà pourquoi elle faisait si attention pour choisir le lieu de ses rencontres. Aucune de ses amis n'aurait jamais imaginé mettre le pied dans un endroit aussi sordide que ce motel. Et la réunion de l'association qui avait certes eu lieu, mais brièvement, expliquait la tenue austère. Cette nuit-là, au lit, fut la première où il se laissa aller à une espèce de sourde violence. Elle, d'abord, fut un peu surprise puis sembla goûter la chose, et beaucoup. On les eût dits retournés au temps de leur lune de miel, avec elle qui réclamait encore et encore.

Donc, la lettre anonyme, qu'il reçut quelques mois plus tard, ne constituait pas pour lui une surprise.

– Tu sais où est le motel Regina?

La main d'Adele, en train de porter à sa bouche une cuillère de velouté, ne trembla pas.

– Non. Pourquoi?

– Un de mes employés m'a dit t'avoir vue dans le coin.

– C'est possible, vu que je ne sais pas où est ce motel.

Il l'avait avertie. Qu'elle choisisse un lieu plus sûr.

# 3

La villa où ils habitaient, héritée de son père, il avait dû la défendre bec et ongles contre les assauts continus des promoteurs qui la désiraient avec concupiscence et offraient des sommes à faire peur.

Située presque au centre de la ville, entourée d'un grand jardin, elle était l'idéal pour y construire, après l'avoir rasée, un gros immeuble de huit étages et plus.

Dans cette défense, il avait trouvé un ferme allié en la personne d'Adele. Laquelle, à la fin de la troisième année du mariage, avança l'idée d'une restructuration totale de la maison.

Quand elle en parla la première fois, cela faisait six mois qu'ils ne dormaient plus dans le même lit.

Pour lui, Adele avait fait arranger une chambrette qui communiquait par une petite porte avec la chambre à coucher adjacente où elle continuait à dormir seule.

Dans ladite chambrette entraient à grand-peine un lit une place, la table de nuit et une chaise. C'était plutôt une cellule.

S'il arrivait qu'ils aient envie de faire l'amour – leurs rapports s'étaient inexplicablement raréfiés quoique ne perdant rien de leur intensité – elle le recevait très volontiers dans le lit matrimonial durant tout le temps qu'il fallait, jusqu'à ce que la fatigue survienne mais ensuite, au moment de s'endormir, il devait déménager, il n'y avait rien à faire.

– Tu ronfles si fort qu'on dirait un avion en train de décoller. Tu ne me laisses pas dormir.

– Mais quand on s'est mariés, je ne ronflais pas ?

– Oui, mais de manière supportable.

– Ça doit être l'âge.

– Je ne crois pas.

Jamais elle ne lui avait fait sentir la différence d'âge. Jamais elle ne lui avait demandé, après une nuit de folies :

– Tu te sens fatigué ?

Et durant tout le reste de leur vie commune, aussi, elle le traitait comme quelqu'un de son âge.

Peut-être Adele lui avait-elle fait installer la chambrette parce qu'elle commençait à se sentir fatiguée des rencontres hors de chez elle et qu'elle voulait, la nuit, reprendre de l'énergie sans avoir aucune tentation près d'elle ?

De sorte que, quand, un soir à dîner, elle avait avancé la proposition de restructurer la villa, il n'en avait pas été surpris, au fond. Une demande à laquelle il s'attendait depuis longtemps. Mais il eut la certitude qu'Adele en profiterait pour obtenir son éloignement ultérieur.

– Tu ne peux pas continuer à dormir dans ce réduit.

– Pourquoi ?

– Imagine que tu attrapes une grippe et que tu doives rester quelques jours au lit, moi j'aurais honte que le médecin, ou un visiteur quelconque, te voie confiné là. Dieu sait ce qu'ils iraient penser, quel concours de cancans ils se mettraient à faire avec nos connaissances. Si les gens devaient savoir une chose de ce genre…

Elle était obsédée par la crainte de faire mauvaise impression.

– Mais que t'importe ?

– Ça m'importe, ça m'importe. Moi, j'y tiens, à être considérée comme une personne respectable, ce que je suis, du reste, figure-toi ! Et toi-même, tu serais ridiculisé. Et puis considère comme tu serais mal dans ce réduit si tu devais y rester toute la journée. Tu étoufferais. Par ailleurs, moi j'ai besoin d'espace pour recevoir les amis ou pour faire ici des réunions. Avec la villa dans cet état, je ne peux jamais inviter personne.

En somme, des motifs humanitaires pour lui et des motifs mondains pour elle. Sa résistance ne dura pas une semaine.

Adele s'en remit à une jeune étoile montante de l'architecture et resta sur les lieux pour suivre les travaux de près. Il ne trouva pas d'autre solution que de déménager dans une résidence. Mais presque chaque soir Adele le rejoignait, allait dîner avec lui dans un restaurant et, excitée, le mettait au courant de l'état des travaux.

Et trois ou quatre fois, pour lui démontrer sa gratitude, elle monta avec lui dans la chambre et y resta toute la nuit.

Quand enfin les travaux prirent fin et qu'il se retrouva à visiter la maison sous la conduite de l'architecte et d'Adele, étant donné qu'il lui avait été interdit d'y mettre les pieds pendant que la restructuration était en cours ("Je veux que tu la voies quand ce sera fini, tu vas voir, la belle surprise!"), il se rendit immédiatement compte de deux choses: d'abord, que la besogne avait été faite indu-bitablement avec goût et intelligence, d'autant que du dehors la maison paraissait inchangée, et ensuite que sa femme ne s'était pas laissé échapper la jeune étoile montante. Ils s'étaient trahis à la manière de se tenir l'un à côté de l'autre quand ils lui parlaient: leurs flancs, sans le vouloir, se cherchaient jusqu'à s'effleurer.

Au rez-de-chaussée, il y avait maintenant une grande salle à manger, la cuisine et un très grand salon, avec de larges portes-fenêtres liberty ouvrant sur le jardin. L'étage, auquel on accédait aussi de l'extérieur par un escalier sur l'arrière, avait été divisé en deux appartements, l'un plus grand que l'autre. Celui qui lui était destiné comprenait la chambre à coucher, une salle de bain, la garde-robe, le bureau et une chambre d'amis.

Celui d'Adèle avait une chambre et une salle de bain en plus.

Les deux appartements communiquaient à travers une porte qui, par ordre d'Adele aux domestiques, devait toujours rester fermée mais dont elle lui remit solennellement la clé dès le premier jour.

– Tu peux t'en servir quand tu veux, lui murmura-t-elle à l'oreille avec un rapide passage du bout de la langue sur la pointe du lobe, juste pour que ce qu'elle entendait dire fût bien clair.

L'escalier arrière continuait jusqu'au petit appartement des domestiques, Giovanni et sa femme Ernestina. Il était séparé du reste de l'immense terrasse par un haut mur. Adele avait fait installer la terrasse, à laquelle on pouvait accéder aussi par un escalier interne, de manière à pouvoir y donner des réceptions les soirs d'été. Pour l'orner de plantes et de fleurs, elle avait engagé le même jardinier qui s'était occupé du jardin, lequel en avait fait une splendeur.

La première nuit qu'ils passèrent dans la villa restructurée, Adele voulut se passer l'envie de le rejoindre dans son lit.

– Ça me fait plaisir de l'inaugurer avec toi.

Pendant un instant, il lui passa par la tête que le lit, elle l'avait déjà abondamment inauguré avec la jeune étoile montante, mais tout de suite après, la passion retrouvée d'Adele l'emporta, un fleuve en cru qui débordait effaça toute possibilité de penser.

À part qu'Adele, tout lit qui ne fût le sien, celui d'un hôtel en vacances ou celui de la résidence, semblait déchaîner son imagination.

Cela faisait maintenant trois ans qu'il n'utilisait plus cette clé et Adele ne se servait plus non plus de la sienne. Mais chaque dimanche matin, il trouvait la porte fermée, certes, mais pas à clé. C'était un signal clair : s'il le voulait, il pouvait entrer dans l'autre appartement et assister au cérémonial de la toilette et de l'habillage.

Et ce fut justement un dimanche matin qu'Adele, en culotte et soutien-gorge, parvenue au moment du choix de la tenue, ouvrit une partie de l'armoire qu'il l'avait toujours vue négliger et elle prit sans hésitation un vêtement.

Il le reconnut immédiatement, parce qu'il conservait de ses premières rencontres avec Adele un souvenir déchirant, jusque dans les moindres détails. C'était ce tailleur gris de femme d'affaires qu'elle avait mis dès la fin du deuil strict, quand elle était venue le voir à la banque pour signer les documents et, après, ils étaient allés pour la première fois manger ensemble. Quand elle lui avait avoué sa stérilité. Depuis lors, il ne l'avait jamais vue le porter.

Pourquoi le sortait-elle maintenant?

Comme si elle avait deviné sa question muette, elle, tout en bougeant le bassin à petits coups pour glisser la jupe, lui dit:

– Hier soir, tante Ernestina m'a téléphoné de Bagheria que l'oncle 'Ntonio est en train de mourir. Je vais le voir. Il ne lui reste que quelques jours à vivre. J'y fais un saut et je reviens, j'ai une réunion du conseil de direction.

La tante Ernestina et l'oncle 'Ntonio, qui n'avaient pas d'enfants, l'avaient prise chez eux quand elle était restée orpheline.

D'après ce qu'elle lui avait raconté, l'année suivante, le jour où elle avait atteint ses quinze ans, on lui avait offert une double fête: à l'heure du déjeuner, en rentrant de l'école, elle avait trouvé un gâteau avec des bougies et une belle petite robe neuve. Cela, c'était la première fête. La deuxième, plus intime, c'était l'oncle 'Ntonio qui la lui avait faite, en profitant du fait que sa femme était sortie et devait rester absente tout l'après-midi.

– Mais toi, tu n'as pas eu le moindre soupçon quand il t'a demandé de monter au grenier avec lui?

– Bien sûr que si. Même à l'époque, je n'étais pas idiote.

– Et tu y es allée quand même?

– Oui.

– Et qu'est-ce qui s'est passé?

– Il y avait un petit lit de camp avec un matelas roulé.

– Il l'a déroulé?

– Non, il l'a jeté à terre.

– Pourquoi ?

– Je ne sais pas, peut-être qu'il avait peur de le tacher et que la tante...

– Toi, qu'est-ce que tu faisais, pendant ce temps ?

– Je le regardais.

– Et puis ?

– Et puis, il m'a fait m'étendre sur le lit de camp, il m'a fait relever les jambes et m'a retiré la culotte. Tu veux d'autres détails ?

– Ça me suffit. Comment ça se fait que tu ne te sois pas rebellée ?

– Bof.

– Pourquoi ?

– Bah, peut-être parce que ça m'a semblé inéluctable. Je savais que tôt ou tard... Ça faisait plusieurs mois qu'il essayait.

– Et combien de temps ça a duré ?

– Une petite année, à peu près.

– Toujours au grenier ?

Elle rit.

– Non. Il n'avait plus peur des taches compromettantes. Dans son lit, dans le mien, où ça se trouvait. Ou bien debout.

– Et comment ça s'est terminé ?

– J'ai connu un garçon, je suis tombée amoureuse et je n'ai plus voulu entendre parler de continuer.

– Et lui ?

– Il a dû se résigner, le pauvre.

Le pauvre.

Et maintenant elle allait le trouver à l'article de la mort en portant la tenue de circonstance. Parce qu'il était clair que ce tailleur, elle s'en servait seulement comme suite du deuil strict ou comme avant deuil.

Quand elle lui avait dit qu'elle ne s'était pas rebellée contre la violence de l'oncle parce qu'elle considérait la chose comme inéluctable, elle avait employé ce mot précis, il avait senti à ce moment que leurs deux orbites, qui semblaient suivre des trajets sidéralement éloignés, s'étaient d'un coup, et pour un instant, rapprochées.

Dans les mariages, au bout de quelque temps, advient souvent une sorte de communauté mystérieuse, de complicité, quelque chose de ce genre qui conduit mari et femme à juger les choses de la même manière. Lui aussi avait lucidement prévu sa trahison à elle et, quand elle s'était vérifiée, il n'avait pas réagi. Il s'était simplement rendu, comme Adele, à l'inéluctabilité.

Mais durant les trois derniers mois il avait toujours trouvé la porte de communication inexorablement fermée. C'est ainsi qu'il avait compris avoir été exclu aussi de la cérémonie.

– Tu m'expliques pourquoi tu ne me laisses plus la porte ouverte ?

– Tu sais, Daniele, le pauvre petit, le dimanche matin, il dort tard. Je ne voudrais pas qu'on le dérange. Il arrête d'étudier en pleine nuit. Encore un peu de patience. Dès qu'il sera parti...

Daniele.

Un soir, tandis qu'ils regardaient la télévision, elle lui avait demandé :

– Ça te dérange si pendant quelque temps, j'héberge un de mes neveux qui s'est inscrit à l'université ?

C'était une question pour la forme. Même s'il avait dit que ça le dérangeait, Adele l'aurait pris à la maison, en lui racontant va savoir quelle énorme calembredaine.

– Tu as un neveu ?

– Oh, mon Dieu, c'est pas vraiment vraiment un neveu. Tu sais comment on est, nous, en Sicile, avec la parentèle. C'est le fils de ma cousine Adriana qui habite à Polizzi. Tu ne te souviens pas d'elle ? Elle est venue à notre mariage. Je suis allée la trouver la semaine dernière, je te l'ai même dit. Adriana m'a exposé son problème et moi, qu'est-ce que je pouvais faire? Je lui ai dit que pour un peu de temps, je pouvais l'héberger. Le garçon s'appelle Daniele. Moi, j'ai une chambre en plus. Il ne me dérangera pas du tout. Je peux le mettre là, de toute façon, je suis sûre qu'il ne restera pas longtemps chez nous.

– Qu'est-ce que tu en sais? Peut-être qu'il va se sentir si bien...

– Allez! Il a dix-neuf ans! Il va vouloir sa liberté. Peut-être qu'il a une petite fiancée qu'il n'oserait jamais amener chez nous. Ils devront se contenter de le faire dans leur Fiat 500, les pauvres petits. En tout cas, Adriana m'a juré que dès qu'il trouvera un endroit décent, son fils débarrassera le plancher.

– Qu'est-ce qu'il étudie?

– Le droit.

– Quand est-ce qu'il arrive?

– Je ne sais pas encore. Adriana va me téléphoner.

Chaque appartement était doté d'une ligne téléphonique propre. Un mardi soir, alors qu'il venait juste de rentrer, il entendit sonner le téléphone du bureau. C'était Adriana, la cousine de sa femme, elle appelait de Polizzi.

– Excuse-moi de te déranger, mais j'ai cherché Adele toute la journée et je n'ai pas réussi à la trouver. Tu as une idée d'où elle peut être?

– Non. Mais si tu rappelles d'ici une petite heure, tu vas sûrement la trouver.

– Dans une heure, j'aurai du mal. Je peux te laisser un message?

– Certainement.

– Je voulais avertir Adele que Daniele vient chez vous demain après-midi.

– Bien.

– Ah, écoute, je désirais te remercier toi aussi pour ta gentille disponibilité. Moi, je n'avais pas la moindre intention de vous donner tout ce dérangement mais c'est Adele qui m'a proposé cette solution momentanée et qui a insisté au point que je n'ai pas su dire non.

Donc, l'affaire s'était déroulée de manière passablement différente de ce qu'elle lui avait raconté. Et dès qu'il avait vu le "neveu", il avait compris pourquoi Adele se l'était accaparé.

C'était un beau gars, Daniele, grand, blond, yeux bleus, physique d'athlète. Indubitablement, il avait avec Adele un petit air de famille. Et il était aussi éduqué, discret, réservé. Comme il appelait Adele "tante", il devint, en conséquence, l'oncle.

Évidemment, Daniele, pauvre petit, n'avait pas réussi à trouver un logement décent parce que cela faisait des mois qu'il était chez eux et qu'il ne lui passait pas même par l'antichambre de la coucourde de déménager.

Sur la raison pour laquelle la porte était toujours fermée, il n'eut pas le moindre doute dès l'instant où il nota la chose.

Cependant, il en voulut la confirmation.

Un samedi, vers trois heures du matin, il se leva, alla dans le bureau et prit la clé qu'il gardait dans le premier tiroir du bureau. Mais la clé n'entrait pas entièrement dans la serrure de la porte de communication, elle butait contre un obstacle. Il trouva l'explication aussitôt : Adele avait fermé la porte en laissant la clé à l'intérieur, soit par habitude, soit pour qu'il ne puisse l'ouvrir de son côté.

Il insista une dernière fois, en s'efforçant de faire le moins de bruit possible. Et tout à coup, la clé ne rencontra plus de résistance, elle pénétra tout entière et il put ouvrir. La clé d'Adele était tombée à terre, sur la moquette du couloir. Il avança précautionneusement, à la lumière d'une lampe nocturne que sa femme voulait maintenir toujours allumée, elle avait peur de la nuit noire. Toutes les portes étaient fermées. Il colla l'oreille à celle de la chambre de Daniele et resta un moment ainsi. N'entendant aucun son, il tourna la poignée et ouvrit à peine : le lit du jeune était intact.

Mais ça ne signifiait rin, si ça se trouvait il n'était pas encore rentré. Alors, il avança encore et colla l'oreille à la porte de la chambre qui avait été conjugale. Aussitôt, il perçut le halètement d'animal de sa femme entrecoupé de la litanie des oui... oui... oui... et Daniele qui disait :

– Retourne-toi.

Il s'en revint dans ses appartements, laissant la clé à terre, et ferma la porte derrière lui.

Voilà pourquoi maintenant l'accès dominical lui était refusé : Adele craignait d'être surprise encore endormie dans les bras de son amant. Qui ne ronflait pas, peut-être. Ou peut-être pas encore.

En tout cas, en choisissant d'avoir à la maison une ration à la mesure de son 'pétit, plutôt que d'aller se la chercher dehors, elle avait agi selon le bon sens. Elle ne courait pas le danger d'être vue dans quelque petit hôtel pourri des faubourgs. Ou bien, toujours affamée comme elle l'était, continuait-elle à garder une mangeoire aussi ailleurs ? Ce n'était pas une hypothèse à écarter.

Un soir où Daniele ne dînait pas avec eux, Adele attaqua par une question préliminaire.

– Tu te mets pas en colère si je te dis quelque chose ?

– Bien sûr que non, dis-moi.

– J'ai renouvelé la garde-robe de Daniele.

– Il en avait besoin ?

– Ben oui. Tu sais, quelquefois, il lui arrive de passer par le salon où j'ai une réunion, je dois le présenter à mes amies, qu'est-ce qu'elles vont penser de moi si je laisse sortir mon neveu en ville habillé comme un clodo ?

– Oh, mon Dieu, il ne me semble pas vraiment que Daniele s'habille comme un clodo.

– Mais il n'a pas de tenues adaptées.

– Tu les lui as fait faire par mon tailleur ?

– Ne t'inquiète pas. Je les ai achetées en prêt-à-porter. Aujourd'hui, dans les boutiques, on trouve des choses bien faites. Et puis, Daniele, avec le physique qu'il a, n'importe quoi lui va bien.

Les vêtements adaptés comme ceux qu'elle avait. Donc, elle voulait aussi que Daniele ait la tenue pour l'accompagner à l'église à midi, le vêtement pour se présenter avec elle au salon, celui pour l'accompagner au théâtre…

– Tu ne pouvais pas le dire à sa mère ?

– Je l'aurais mise dans l'embarras, la pauvre. Ils ne roulent pas sur l'or.

Mais pourquoi le lui avait-elle avoué ?

Elle aurait pu acheter tout un magasin et il ne s'en serait pas aperçu, ou aurait pensé qu'on l'avait rhabillé chez lui, à Polizzi.

Quinze jours après, il eut l'explication des raisons pour lesquelles sa femme lui avait parlé de l'achat des vêtements. C'était une espèce d'excursion aux avant-postes pour tester ses réactions.

– Tu sais, Daniele ne s'en sortait plus avec sa Fiat 500 déglinguée. Il s'est acheté une nouvelle voiture, une japonaise, petite, mais…

– C'est toi qui lui as donné l'argent ?

– Oui, dit-elle en rougissant légèrement.

Il s'inquiéta. Peut-être le jeune s'était-il fatigué de l'histoire et elle, qui en était tombée amoureuse, peut-être voulait-elle le tenir en laisse avec des cadeaux ? Et si ça se trouvait, le matin, elle lui faisait trouver une liasse de billets dans la poche de sa veste.

Ou s'agissait-il seulement de ce sens d'insécurité qui d'ordinaire s'empare des femmes vers la quarantaine ?

Ce soir-là, au moment de se dire bonsoir, elle lui murmura à l'oreille :

– Je peux venir chez toi tout à l'heure ?

C'était sa manière de lui manifester sa reconnaissance pour ne pas s'être mis en colère. Pour les grâces dont elle avait été comblée.

– Allons dans notre chambre, proposa-t-il.

– Non, j'ai peur que Daniele nous entende.

Il eut la tentation de lui faire trouver porte close, la clé bien glissée dans la serrure. Mais ça ne lui dura qu'un instant. Il ne pouvait absolument pas se priver de ce cadeau inattendu et magnifique.

# 4

Il se leva pour ouvrir la fenêtre du bureau.

Une chaleur estivale commençait à régner, alors qu'on n'était même pas à la mi-mai.

Cette année, où Adele allait-elle décider de passer les vacances ?

En tout cas, il n'avait plus le problème de fixer à l'avance la date et la durée de ses vacances pour les communiquer au bureau du personnel dans un certain délai. En général, c'était une chose qu'ils décidaient avec Adele mais elle, après qu'il en avait fait la communication à la banque, changeait presque toujours d'idée vingt-quatre heures plus tard.

– On pourrait pas retarder notre départ d'une dizaine de jours ?

Bien sûr, qu'ils le pouvaient, mais ça signifiait, outre devoir subir l'épreuve de la chaleur en ville, rester dix jours à passer les vacances dans leur jardin ou sur la terrasse. Mais tout au fond, ça ne lui déplairait pas vraiment.

L'autre changement d'idée survenait la veille de la fin des vacances :

– On pourrait pas rester encore ici une semaine ?

Et qu'est-ce qu'il allait raconter à la banque ?

Maintenant, le problème ne se posait plus, il était libre d'en faire à sa tête, il n'avait plus de comptes à rendre, il pourrait suivre les caprices d'Adele.

En tout cas, il ne s'agissait jamais de choisir entre plage et montagne, sa femme ne supportait pas de séjourner à plus de deux cents mètres au-dessus du niveau de la mer. Le choix était donc limité à une localité balnéaire, certainement pas italienne. Lui avait peur de l'avion. Elle, dès que l'appareil s'élevait, elle s'endormait d'un coup. Elle pouvait partir endormie et arriver de même, se faisant quinze heures de sommeil d'affilée.

La localité où aller passer les vacances n'était pas en réalité choisie par Adele, mais conséquence directe de ce qu'elle entendait dire par ses amies du cercle de bridge :

– Cet été, je suis allée dans une petite île des Seychelles qui…

– Il n'y a rien de mieux que les Canaries !

– Il y a un hôtel au bord de la mer à Cuba…

Ils n'avaient à peu près jamais passé de vacances seuls. Ils partaient en compagnie de quelque autre dame du cercle et de son époux, tantôt la vice-présidente Agata Locurto et son mari, ou bien la trésorière Maria Trizzino et son mari, ou bien la marquise Arduino della Troffa et son marquis de mari…

Les membres du cercle étaient des vieilles peaux sexagénaires maquillées comme des quadragénaires, surchargées de fond de teint, de rouge à lèvres et de bijoux, affamées de séductions exotiques et de massages spéciaux ; leurs maris, directeurs généraux, entrepreneurs, députés ou simples bâtards qui avaient réussi à ramasser du fric on ne sait comment, ne leur cédaient pas sur ce terrain : tous voulaient apparaître trentenaires. Et donc, gymnastique quotidienne, promenades kilométriques sur la plage, salle de gym, sauna, massages, tortures diverses.

Il n'y participait jamais.

– Comment est-il possible que tu n'arrives pas à socialiser ? lui demandait immanquablement Adele en faisant la gueule.

Rien que le verbe "socialiser" le faisait déjà profondément chier.

Et surtout, lui, le soleil lui faisait mal. Il avait la peau délicate comme tous les roux. Dix minutes d'exposition aux rayons solaires le transformaient en jumeau d'une langouste. Il restait sous le parasol, renfrogné, et il suffisait de la réverbération du sable pour le rôtir à feu doux. Après un certain temps, la sueur commençait à s'évaporer de sa peau. Quand il ne restait plus qu'un quart d'heure avant le retour à l'hôtel, courant sur la pointe des pieds parce que le sable brûlait, il se jetait dans la mer. Mais ce peu de fraîcheur qu'il éprouvait ne suffisait pas à lui faire supporter le bout de plage qui le séparait de l'hôtel.

Il arrivait dans sa chambre épuisé et se jetait dans la baignoire tandis qu'Adele occupait la douche. Durant les trois premières années de mariage, dès le retour de la plage du matin, il fallait faire une variante, un jeu, inventé par Adele, qui s'appelait le "rafraîchissement des zones blanches".

Sa femme retirait son maillot et il devait rafraîchir, en les lui léchant, toutes les parties qui n'avaient pas été exposées au soleil.

Mais le soir c'était un autre tourment.

Il ne savait pas danser, ne savait jouer ni aux cartes ni à aucun autre jeu. Il ne savait pas raconter de blagues, réussissait en tout et pour tout à se boire deux whiskys. S'il dépassait la dose, il avait mal à la tête.

– Mon ours, disait Adele en l'embrassant avec un sourire mi-amoureux mi-compatissant.

Le comportement de sa femme durant les vacances était irrépréhensible, toujours *compos sui*, même quand elle dansait. Et sa beauté illuminait la piste autant qu'un projecteur.

À la plage, elle portait souvent un maillot une pièce, de rares fois un bikini, mais toujours plutôt chastes. Elle ne songeait pas une seconde au topless, qu'elle jugeait très inconvenant. Et dire qu'elle avait en dotation une paire de nichons à faire évanouir tous les mâles présents. Jamais une jupe au-dessus du genou, c'était la légèreté du tissu qui garantissait la fraîcheur, pas sa réduction à des proportions minimales. Et elle continuait à porter une robe bain de soleil quand personne n'en mettait plus.

Il était sûr qu'elle avait tenté de le trahir une seule fois, quand ils étaient allés passer les vacances dans l'île de Gauguin.

Ils étaient partis avec une amie d'Adele et son mari. Au restaurant de l'hôtel, un jour, ils virent entrer un quadragénaire anglais, bel homme vêtu avec beaucoup d'élégance, à l'air rêveur. Avec lui, aucune femme. Il restait à l'écart, transportant avec lui un carnet dans lequel, de temps en temps, il écrivait quelque chose. Il ne prenait pas de bain, le matin il partait seul pour l'intérieur de l'île. Ils apprirent que c'était un poète important, venu là pour écrire une espèce de biographie sur le peintre.

Quand il entrait dans le restaurant, il saluait tout le monde et personne d'un signe de tête, d'un hochement réduit au minimum. Il faisait de même en sortant. Il n'adressait jamais la parole à personne. Mais de temps en temps il ne pouvait s'empêcher de laisser son regard s'égarer vers Adele. Laquelle, toutefois, même si elle percevait aussi son regard, ne levait jamais l'œil de son assiette.

Quatre jours avant que les vacances finissent, l'amie d'Adele reçut un coup de fil : sa mère allait mal, il fallait qu'elle rentre immédiatement. Elle partit le lendemain matin avec son mari.

Ce fut, pour Adele, comme un feu vert. Le même jour, quand le poète la fixa, elle leva la tête de son assiette et lui rendit un long regard. Lui, un peu embarrassé par l'effronterie de sa femme, fit mine d'être absorbé dans la lecture du menu.

Le soir, quand ils descendirent au restaurant, ils trouvèrent l'Anglais qui attaquait le deuxième plat. Entre Adele et lui, il y eut un autre très long regard. Sinon que, dès qu'il eut fini de manger, l'Anglais se leva et, au lieu de sortir fumer la pipe comme il faisait toujours, il s'approcha de leur table, leur tendit la main en se présentant, dit qu'il allait partir le lendemain matin et qu'il voulait leur dire au revoir. Le mari d'Adele l'invita à s'asseoir, mais l'Anglais refusa avec gentillesse et s'en alla.

Ils attendaient qu'on serve le deuxième service quand Adele dit :

– Je n'ai plus d'appétit. Toi, reste donc, je vais dans notre chambre.

Et il lut dans ses yeux cette détermination, à la fois ardente et froide, qu'il connaissait très bien.

Pour elle, une occasion idéale, loin des yeux indiscrets de son amie et du mari de celle-ci, avec un éphémère compagnon de lit qu'elle n'aurait plus jamais l'occasion de revoir.

Lui fit exprès de mettre une heure pour finir de manger. Ensuite, il se leva et se dirigea vers leur chambre, certain qu'elle n'y serait pas et curieux de savoir quelle excuse elle inventerait pour justifier ensuite son absence.

Mais il la trouva au lit, nue, pleine d'ardeurs brûlantes.

Était-il possible qu'il se fût trompé ?

Le lendemain matin, il demanda au portier si l'Anglais était parti. Et le portier répondit que oui, *malheureusement*, le mister était parti. Et en prononçant ce "malheureusement", il avait jeté un coup d'œil allusif vers un serveur d'une vingtaine d'années, passablement trapu mais avec de ces muscles à foutre la trouille, qui se trouvait non loin de là, l'air abattu.

Mais alors, si l'Anglais était gay, pourquoi avait-il maté Adele de telle façon qu'elle était tombée dans une équivoque comique ?

Peut-être parce qu'il était poète et que les poètes aiment admirer la beauté.

Léger coup à la porte.

Il sursauta, il s'était perdu dans ses souvenirs, il retrouva avec peine le chemin du présent.

– Oui ?

– Le déjeuner est servi, monsieur.

Et comme ça, il avait passé sa première matinée de retraité.

Pour faire passer le temps, il mangea tout, même s'il n'avait pas beaucoup de 'pétit, et avec une extrême lenteur. S'il pensait aux journées qui l'attendaient, il prenait peur. À quoi pourrait-il les employer ?

Il voyait l'avenir comme un trou noir, complètement vide de toute chose, qu'il devrait d'une façon ou d'une autre remplir, pour ne pas y être englouti.

Il devait commencer à s'organiser, et tout de suite.

Par exemple, quel sens y avait-il à manger seul dans cette vaste salle à manger où tout étincelait et qui paraissait prête pour un tournage de cinéma ?

– Ernestina, s'il arrive une autre fois que je doive déjeuner ou dîner seul, préparez-moi une petite table en haut, dans le bureau.

– Comme monsieur voudra, dit la bonne sans enthousiasme.

Parce que cela signifiait qu'elle devrait se taper quatre ou cinq fois l'escalier entre le rez-de-chaussée et l'étage.

L'habitude de la sieste de l'après-midi, il n'avait jamais pu la prendre, à cause de ses horaires de travail. Il avait des collègues qui réussissaient à s'assoupir dix minutes, en fermant leur bureau à clé. Mais lui, dix minutes, ça ne lui aurait pas suffi.

Durant les premières années de son mariage, quelquefois, le dimanche, après le déjeuner, ils allaient s'allonger, mais certes pas pour dormir.

Pourquoi ne pas essayer ?

Il alla dans sa chambre, se déshabilla, se coucha.

Mais il comprit tout de suite qu'il ne s'endormirait pas, il n'avait pas l'habitude. Mais, au moins, ça aurait été une bonne manière de faire passer le temps. C'était ça, le vrai problème à résoudre : comment faire passer le temps. Un mois avant de prendre sa retraite, il avait rencontré par hasard Filippo Condorelli, ex-collègue retraité depuis plus d'un an.

– Comment va, Condorelli ?

– Très bien.

– Qu'est-ce que tu fais, toute la journée ?

– Ma femme et moi, on a pas un moment de libre.

– Vraiment ? Comment c'est possible ?

– Tu sais, ma fille Angela travaille, son mari aussi et comme ça leurs deux petits, ils les amènent le matin et ils viennent les chercher le soir. Ce sont des amours. Attends que je te les présente.

Et, l'œil étincelant de l'orgueil du grand-père, il avait tiré une photo de son portefeuille.

À moins de déménager à Londres, il n'avait sous la main aucun petit-fils à dorloter.

Mais d'une chose, au moins, il pouvait être sûr : il n'allait pas se retrouver sur un banc à lire le journal pendant que son chien levait la patte contre chaque arbre rencontré.

Il n'avait même pas l'habitude de lire des livres. Adele, oui.

À la maison, il y avait deux bibliothèques.

La première, très grande, de prestige, était au salon. Pour la remplir, sa femme avait d'abord fouiné dans une librairie de livres anciens en choisissant les volumes en fonction de leur état de conservation d'après leur reliure et comme ça, elle avait réussi à occuper les deux premières étagères du haut. Puis elle avait commandé aux éditions Mondadori tous les Meridiani*, qui présentaient très bien, et toutes les œuvres complètes de chaque auteur dont il avait été possible de rassembler les œuvres complètes. Sur une étagère spéciale étaient rangés les livres de format énorme, très illustrés, que la banque offrait à ses clients les plus importants et qui traitaient de sujets comme les mosaïques de Monreale, la peinture sur verre, les paladins de l'*opera dei Pupi*, la décoration des carrioles siciliennes.

La deuxième bibliothèque était constituée par trois étagères superposées dans la garde-robe d'Adele. De temps en temps, elle achetait un livre qu'elle lisait consciencieusement. À la fin, elle rendait son jugement en employant l'une des trois formules, toujours les mêmes :

“Ça m'a plu.”

“Ça ne m'a pas plu.”

---

* Équivalent de la Pléiade. *(NdT)*

"Je n'ai rien compris."

Ah oui, il y avait aussi la bibliothèque de son bureau à lui, héritée avec tous les livres en même temps que la table de travail. Il ne les avait jamais ouverts. Des années et des années de la *Gazette officielle* et d'imposants volumes de droit.

Il pouvait tenter la lecture. Il n'avait rien à perdre. Parmi les livres d'Adele, il en trouverait bien un intéressant.

Certes pas parmi ceux qui lui avaient plu à elle. Parce qu'il s'agissait de sirupeux romans d'amour, il suffisait de lire le titre ou de regarder le dessin de couverture pour s'en rendre compte.

Et puis, pour confirmer ses goûts, il y avait la presque inévitable dispute vespérale pour le choix du film à voir à la télévision.

Elle n'aurait voulu voir que des films racontant de grandes amours désespérées et romantiques, de préférence en costume.

Lui, ces films l'endormaient, il aimait les polars contemporains. Avec fusillades sans fin et cadavres toutes les cinq minutes.

Il ne lui était accordé que de les voir deux soirs par semaine, les autres soirs en revanche sur le petit écran apparaissaient crinolines, couchers de soleil sur la mer, baisers très chastes au bord du lac…

Si durant un de ces films qui lui plaisaient, à lui, il y avait une scène de sexe, Adele commençait à murmurer, scandalisée :

"Moi, je ne comprends pas comment ces actrices font pour…"

"Mais ils n'ont pas honte ?"

"Ils le font vraiment ?"

"Des scènes pareilles, ça devrait être interdit !"

Quelquefois, elle se levait, exaspérée :

"Quand cette scène est finie, appelle-moi. Je la suporte pas. C'est indécent."

Et peut-être à ce moment, les deux personnages étaient-ils en train d'exécuter une variation à laquelle d'ici peu ils se livreraient. Parce que Adele, quand il s'agissait de la faire, elle n'avait rien à redire, tout au contraire.

Mais ces romans et ces films qu'elle préférait, est-ce qu'ils lui avaient seulement appris quelque chose ? Il en doutait. Parce que ces films et ces romans parlaient, même si c'était d'une manière ingénue et grossière, d'un sentiment qui n'avait jamais existé pour Adele.

N'était-ce pas elle-même qui le lui avait dit, quand elle s'était comparée à un désert qu'il était inutile d'arroser ? Bien sûr, à ce moment, elle parlait du fait qu'elle ne pouvait avoir d'enfants. Mais la stérilité n'était pas seulement dans son ventre.

C'était elle, dans son entièreté, qui était stérile, aride.

Telle était la peu plaisante conclusion à laquelle il était arrivé après dix ans de mariage.

Mais il aurait dû le comprendre depuis déjà longtemps, ne fût-ce que parce qu'elle ne faisait rien pour dissimuler sa nature ou pour paraître au moins un tout petit peu différente de ce qu'elle était.

– Comment as-tu connu ton premier mari ?

– Angelo était l'ami intime de Pino.

– Et qui était Pino ?

– Pino était mon fiancé.

– Attends, explique-moi. Pino était ton premier copain ?

– Tu plaisantes ? Quand j'ai rencontré Pino, j'avais déjà... laisse-moi réfléchir... j'avais déjà vingt-trois ans.

– Et si je ne me trompe, tu avais commencé à quinze.

– Oui. C'est pas le bon âge ?

– Alors, ce Pino ?

– Avec lui, je me suis fiancée officiellement. Je l'ai amené chez mon oncle et ma tante. Après son diplôme de médecine, on devait se marier.

– Et en fait ?
– Et en fait, il m'a quittée pour une autre.
– Tu as beaucoup souffert ?
– Ben, tu sais, j'avais commencé à réfléchir.
– À quoi ?
– À notre future vie commune. J'avais été prise de doutes.
– À quel sujet ?
– Il était très ennuyeux et jaloux de manière obsessionnelle.
– Mais tu en étais tombée amoureuse ?
– Évidemment pas au point de ne pas avoir compris à quel point il était ennuyeux et possessif.
– Combien de temps ont duré ces fiançailles ?
– Trois ans. Il n'arrivait pas à passer son diplôme. Ou ne voulait pas...
– Et Picco ?
– Angelo m'avait fait des avances quand j'étais encore la fiancée de son meilleur ami. Plus d'une fois.

Elle eut un petit rire.

– Quand Pino m'a quittée, nous avons continué à nous voir.
– Tu l'as épousé parce que tu l'aimais ?

Elle réfléchit un moment avant de répondre.

– Il arrivait à se faire bien aimer.
– Mais quand le malheur est arrivé, je t'ai vue vraiment bouleversée et pleine de douleurs.

Elle lui lança un coup d'œil étonné.

– Bien sûr que je l'étais ! Comment j'aurais pu ne pas l'être ? À huit heures et demie, quand on m'a téléphoné pour me dire qu'Angelo avait été hospitalisé dans un état désespéré...
– Qui t'a téléphoné ?

Elle eut une légère hésitation.

– Pino.
– Ton ex-fiancé ?
– Oui. Qu'est-ce qu'il y a d'étrange ? Il travaillait aux urgences de l'hôpital et donc...

– C'était la première fois qu'il t'appelait après la rupture de vos fiançailles ?

– Non. Nous nous étions vus… quelques fois.

– À l'insu d'Angelo ?

– Ben oui. Je ne crois pas qu'il l'aurait bien pris.

Mieux valait glisser, revenir au sujet principal.

– Mais l'accident n'a pas eu lieu en pleine nuit ?

– Mais pas du tout ! On t'a mal renseigné. Je l'attendais pour dîner.

– Qu'est-ce que tu as fait ?

– Je me suis changée et j'ai foncé à l'hôpital.

– Tu l'as trouvé encore vivant ?

– Oui. Je lui ai tenu la main pendant quelques minutes. Puis on l'a emmené en salle d'opération et il en est sorti trois heures plus tard, mort.

Pause.

– Le pauvre !

Autre pause.

– Tu sais quoi ? Je me suis taché de sang l'ourlet de la manche. Je m'en suis rendu compte le lendemain matin. Je l'ai fait nettoyer mais la tache n'a pas complètement disparu.

– C'était quelle robe ?

– La veste du tailleur gris.

Ce fut comme si on lui avait donné un coup de massue sur la tête. Pendant quelques instants il eut le souffle coupé.

– Tu te l'es mis avant de foncer à l'hôpital ?

– Bien sûr. Je ne pouvais sûrement pas y aller avec celui que j'avais sur moi.

## 5

Un soir, il se hasarda à lui poser une question se rapportant à eux deux.

Il y avait longtemps qu'il voulait la poser mais l'occasion avait été manquée une fois et, une autre fois, il avait eu peur de la réponse éventuelle.

Il advint que, commentant un film, elle dise :

– Il y a tant de motifs pour se marier…

Il saisit l'occasion au vol.

– Et quel est le motif pour lequel tu t'es mariée avec moi ?

Il avait utilisé le ton de la galéjade, mais en dedans il était tendu et avait des sueurs froides.

Elle y réfléchit un moment.

– Tu t'es conduit en grand seigneur. Et tu continues, répondit-elle en lui faisant une légère caresse sur la joue, comme pour clore la conversation.

C'était une réponse qui n'expliquait rien. Il négligea l'invite à changer de sujet.

– Explique-toi mieux.

– Tu veux vraiment le savoir ?

– Si je te le demande…

– Bon, d'accord. À peine trois jours après la mort d'Angelo… figure-toi, ils se sont jetés sur moi comme la misère sur le pauvre monde. Tous pleins de douleurs pour ma douleur, de compassion, de pitié… D'une main, ils serraient la mienne pour me présenter leurs condoléances mais, de l'autre, ils tentaient de me toucher le derrière.

– Mais qui ?

– Tous. Même l'entrepreneur de pompes funèbres quand il est venu me présenter la facture.

– Tu parles sérieusement ?

– Je ne plaisante pas et je n'invente rien. Les funérailles ont coûté une fortune et, lui, il m'a proposé une réduction de cinquante pour cent si j'acceptais son invitation à dîner.

– Je n'arrive pas à y croire !

– Tu es tout à fait libre de ne pas y croire. La petite veuve qui vient de perdre son mari après huit mois de mariage, imagine-toi le très grand appétit qu'elle doit avoir ! La pauvre ! Elle doit passer ses nuits à brûler de désir ! Il suffira de tendre la main et elle se laissera cueillir ! Après tout, c'est faire une bonne action. Porcs ! Dégueulasses ! Même ton président, je te le recommande !

Il écarquilla les yeux.

– Bernocchi ?

– Oui, oui, Bernocchi. Tellement compréhensif, tellement paternel… “Ma chère, pourquoi n'iriez-vous pas vous reposer dans une maisonnette, très isolée, que j'ai à Capo d'Orlando ? Personne ne le saurait, personne ne vous dérangerait. Je pourrais vous retrouver en fin de semaine pour vous tenir un peu compagnie…” Ce ver répugnant !

Il n'arrivait toujours pas à y croire.

– Tu n'aurais pas pu te tromper ? Peut-être qu'il te proposait sincèrement…

– Allons donc ! Mais il m'a même raconté qu'il faisait pression sur toi pour me faire avoir une liquidation de la pension triple de celle qui me revenait ! Et quand tu me l'as donnée, il s'est présenté en courant chez moi pour avoir le remerciement ! Pour passer à la caisse !

– Et toi ?

– Je lui ai balancé que, comme homme, il ne me plaisait pas et qu'il pouvait se reprendre son argent !

– Il était trop vieux et ça te dégoûtait ?

– Et pourquoi est-ce que ça devrait me dégoûter, les vieux ? Non, c'était précisément lui qui ne me plaisait pas. Tu l'as connu mieux que moi. En premier lieu, il puait du bec. Et il avait les mains moites. Et puis il parlait et bougeait comme un homme d'église. Coucher avec lui, ça m'aurait fait l'impression de coucher avec un cardinal. Non, il ne me plaisait pas du tout.

– Et s'il t'avait plu ?

– S'il m'avait plu... Bof, je sais pas. Qu'est-ce que tu poses, comme questions idiotes ! En tout cas, durant cette période, j'étais très bouleversée, confuse. Et déprimée. Crois-moi, il n'y en a pas un qui n'ait pas tenté le coup.

– J'étais convaincu que les attentions masculines plaisaient aux femmes.

– Mais ça, c'étaient pas des "attentions" ! Et j'en étais profondément offensée. Ils avaient tous un but précis, ils n'avaient que ça en tête... Non, je me trompe, pas tous. Il y en a un qui a fait exception. Toi.

– Mais toi, tu m'avais frappé, et beaucoup.

– Ça, je l'ai compris tout de suite. Mais tu as su me réconforter sans rien demander en échange. Mais je te plaisais, et comment, que je te plaisais, je le lisais dans tes yeux.

C'est seulement pour cela qu'elle lui avait dit oui à la seconde où il l'avait demandée en mariage ? Parce qu'il avait su lui apporter du réconfort ? Ou bien parce qu'elle avait compris qu'il pourrait aussi lui apporter beaucoup de confort ?

En tout cas, il se trouvait sur un échelon inférieur à celui d'Angelo. Lui au moins, il avait réussi à se faire bien aimer. Une expression qu'Adele n'avait pas utilisée pour lui. Il s'était bercé de l'illusion, les premiers temps, que la passion avec laquelle elle se donnait était une façon d'exprimer l'amour qu'elle éprouvait pour lui. Qu'elle ne savait pas le dire en paroles, mais avec son corps.

Puis, lentement, il s'était rendu compte que le corps d'Adele réagissait indépendamment de tout sentiment, c'était une machine parfaite qui se mettait en mouvement dès qu'on appuyait sur le bon bouton et qui ne cessait plus de fonctionner.

Et jamais il n'arrivait que, durant ces nuits – il s'en était rendu compte bien longtemps après –, jamais dans le moment où elle s'abandonnait totalement, non à lui mais à elle-même – ça aussi il l'avait compris bien longtemps après –, jamais il n'arrivait que de sa bouche sortît le mot "amour".

"Mon chéri", "mon trésor", "mon étoile", par brassées.

On frappa.

– Oui.

– M. Ardizzone au téléphone. Qu'est-ce que je dois dire?

– J'arrive, répondit-il en se levant.

Le vieil Ardizzone, après avoir été condamné pour collusion avec la mafia, s'était officiellement retiré des affaires en passant la main à son fils Mario. Mais il était connu que, derrière chaque initiative de Mario, il y avait toujours son père. Qu'est-ce qu'ils pouvaient lui vouloir?

– Commandeur, ici Mario Ardizzone. Comment va?

– Bien.

– Excusez-moi si je vous dérange, mais j'aurais besoin de vous parler.

– Allez-y.

– Je peux passer vous voir une petite heure?

Donc, ce n'était pas une discussion à avoir au téléphone. Il pesa le pour et le contre. Il n'y avait aucune raison de reporter.

– Venez donc. Vous connaissez l'adresse?

– Je sais tout. Ne vous inquiétez pas.

Quoi qu'il vînt lui dire, il lui ferait au moins passer une heure.

Eh bien, à peine eut-il posé le récepteur que le téléphone sonna de nouveau. C'était Adele.

– Excuse-moi, ce matin j'ai oublié de te le dire. J'étais très pressée. Je voulais t'avertir que d'ici peu on doit amener à la maison un téléviseur avec sa table roulante.

– Tu as changé le vieux?

– Le vieux va très bien, ce n'est pas encore le moment de le changer. Le nouveau, j'ai pensé le prendre pour toi.

Tu te le fais installer dans ta chambre à coucher ou dans le bureau, où tu voudras.

– Mais je n'en ai pas besoin !

– Ça peut t'être utile.

– Mais il y a celui d'en bas !

– Tu vois, l'autre jour, nous avons décidé que les réunions de l'association se tiendraient toujours chez nous. Donc, très souvent, le soir, le salon sera occupé. Alors, tu pourras vaquer tranquille à tes propres affaires et regarder la télévision. Au revoir, mon cœur.

Mais quelle pensée gentille !

Comme ça, sa place sur le canapé pourrait être occupée par Daniele.

On frappa.

– *Dottore*, il y a quelqu'un qui a une télévision que madame dit qu'on devrait la mettre…

– Oui, ici, dans le bureau, près de la fenêtre. Mais qu'il se dépêche, j'attends quelqu'un.

Il passa dans la chambre à coucher et quand, trois quarts d'heure plus tard, il retourna dans le bureau, l'ouvrier venait de finir l'installation.

C'était un appareil plutôt grand, doté de tous les canaux satellitaires. L'ouvrier lui expliqua le fonctionnement de la télécommande en même temps que Giovanni entrait pour lui annoncer l'arrivée de Mario Ardizzone.

– Vous n'êtes pas sans savoir que malgré les persécutions judiciaires que nous avons dû subir, notre activité, ces derniers temps, s'est beaucoup développée.

Bien sûr qu'il le savait. À la banque, c'était lui qui gérait le dossier Ardizzone.

Outre la société d'import-export, les Ardizzone avaient maintenant une entreprise qui produisait de très délicats appareillages spatiaux, un petit chantier de construction de bateaux à moteur et une autre société propriétaire d'une clinique.

Depuis que le vieil Ardizzone avait dû laisser son fauteuil à son fils, les choses avaient changé.

Mario, qui avait été envoyé étudier en Angleterre, aimait tenter des coups. Et jusque-là, il ne s'était jamais trompé une seule fois. C'était un quadragénaire agréable et soigné, élégant. Alors que son père aimait s'exprimer par métaphores, par allégories, phrases labyrinthiques, expressions allusives, Mario usait d'un discours simple et direct.

– Maintenant, la possibilité se présente pour moi de relever à cent pour cent la vieille société Prontocontanti. Vous la connaissez ?

– Celle de Bertorelli ?

– Oui. Il est mort, un petit-fils lui a succédé, qui est en train de tout couler. La veuve serait disposée à tout vendre.

C'était la plus vieille société financière de la ville, avec une vaste clientèle. Elle accordait des prêts limités à des employés contre la cession du cinquième. Quand il ne s'agissait pas de gens à salaire fixe, elle demandait d'autres garanties. Mais toujours en agissant comme il faut et en restant dans les limites du code. Et elle ne se précipitait pas pour dépouiller le malheureux qui n'avait pas pu payer.

– Et puis, il y a une autre occasion qui se présente à moi.

– Laquelle ?

– Relever la Fides qui, il y a quelques années, a fait...

– L'objet d'une enquête.

Parce que les enquêteurs s'étaient persuadés que derrière la Fides, il y avait la mafia, qui s'en servait pour pratiquer l'usure. Aucune preuve n'avait été dénichée, mais la société financière était constamment sous surveillance et on disait qu'elle naviguait à risque.

– Mon plan serait de prendre les deux sociétés et de les fusionner. Qu'est-ce que vous en pensez ?

– Ben, évidemment, en travaillant avec prudence et habileté, ça pourrait fonctionner.

Il avait parfaitement compris l'intention des Ardizzone : il s'agissait de noyer la mauvaise réputation de la Fides en la mélangeant avec le bon renom de la Prontocontanti.

– Aujourd'hui, toute l'Italie vit sur des emprunts et des traites et donc, ce serait une affaire sûre, poursuivit Mario Ardizzone. Mais je ne vous cache pas que nous avons un gros problème.

– À savoir ?

– Il nous manque la personne adaptée pour opérer la fusion et puis diriger la nouvelle société. Il faut, comme vous avez dit, de la prudence et de l'habileté mais aussi beaucoup, beaucoup d'expérience.

– Si vous me donnez vingt-quatre heures, je pourrai vous proposer des noms.

Pour la première fois, Mario Ardizzone sourit.

– Mais moi, je l'ai déjà, le nom.

– Ah, oui ? Et qui est-ce ?

– Vous.

Il ne s'y attendait pas, il était médusé.

– Moi ?!

– Vous. Vous seriez la bonne personne au bon endroit, permettez-moi d'insister. Il y a un mois, j'en ai parlé avec papa qui s'est montré enthousiaste. Et, dès le premier jour après la fin de votre travail à la banque, j'ai fondu sur vous comme un faucon.

Il se sentait un peu ahuri.

– Laissez-moi le temps de la réflexion.

Ardizzone fit la grimace.

– Voilà le hic. Vous voyez, pour ce qui concerne Fides, pour des raisons qu'il serait long d'expliquer, je suis obligé de donner une réponse, positive ou négative, d'ici cinq heures demain après-midi. Vous comprenez, il y a une certaine urgence.

– Mais pourquoi voulez-vous lier votre réponse à ma décision ?

– Parce que, je vous le dis en toute sincérité, si vous n'acceptez pas, je ne crois pas que je conclurai l'affaire. Comme vous voyez, je joue cartes sur table. Vous avez toute la nuit pour y penser et la nuit, comme on dit, porte conseil.

– D'accord.

– Merci. Alors, je vais vous téléphoner demain vers midi. Je vous en prie, pensez-y bien. Je vous fais une proposition très sérieuse.

Il se leva. Lui tendit la main.

– Et saluez Adele pour moi.

Ça, il ne s'y attendait pas.

– Vous… connaissez ma femme ?

Deuxième sourire.

– Depuis longtemps. Je fais partie de la société qui contrôle l'équipe de football et dont Adele est vice-présidente. C'est elle qui m'a mis la puce à l'oreille.

– En quel sens ?

– Ben, elle m'a dit que vous n'alliez pas tarder à partir à la retraite… et moi, ça m'a tout de suite titillé. Quelques jours plus tard, j'ai parlé avec Adele de mon intention, sans entrer dans les détails, je lui ai dit de manière générale que chez nous, vous pourriez trouver un poste adapté… Elle m'a répondu qu'elle en serait heureuse et ce matin, elle m'a téléphoné pour me faire savoir que vous, à partir d'aujourd'hui, vous ne dépendrez plus de la banque. Je n'ai pas voulu, ni pu, attendre encore pour vous en parler, parce que demain je dois donner la réponse que vous savez.

Ah, bravo, Adele !

Évidemment effrayée à l'idée de se le retrouver entre les pattes toute la sainte journée, parce qu'il était clair qu'il finirait, à force de traîner ici et là, par franchir l'enceinte dans laquelle elle voulait le garder reclus, elle s'était préoccupée de lui trouver une besogne pour l'occuper hors de la maison, comme quand il allait à la banque.

Le téléviseur, au cas où il n'accepterait pas la proposition d'Ardizzone, était une invitation claire à rester le plus possible à sa place durant la journée, sans envahissement du terrain.

Il eut la tentation de dire non à Ardizzone pour démolir la stratégie d'Adele.

Mais est-ce qu'il y avait intérêt ?

La besogne qu'on lui proposait, non seulement correspondait à ses propres compétences, mais elle lui épargnait l'horreur sûre et prochaine des journées vides, horreur dont il avait déjà ressenti les prodromes durant les quelques heures où il avait tourné dans la maison sans savoir que faire.

Et puis, il y avait une chose dont il s'était rendu compte et qui jouait en faveur d'une réponse positive.

Adele et Mario n'étaient pas, et n'avaient pas été, amants.

Presque sûrement Mario avait tenté le coup mais Adele, à ce qu'il avait pu comprendre, ne se mettait jamais avec les hommes qu'elle fréquentait quotidiennement dans son milieu. C'eût été trop risqué, il eût suffi d'une allusion, d'un demi-mot pour déchaîner les cancans.

Le pilier noir, ça allait bien, la jeune espérance de l'architecture, c'était mieux et, comme leurs rencontres avaient une excuse parfaite, le jeune Daniele était en fait l'idéal. Et les autres qu'elle avait eus, il en mettrait la main au feu, étaient des gens étrangers, d'autres paroisses.

Il décida de dire oui. Mais avant…

Ce soir-là, à table avec eux, il y avait aussi Daniele.

– Je ne savais pas que tu connaissais Mario Ardizzone, attaqua-t-il, tourné vers Adele.

– Depuis pas mal de temps.

– Aujourd'hui, il est venu me voir.

– Ah, oui ?

Et elle ne demanda pas pourquoi.

Évidemment, elle ne voulait pas se découvrir, elle ignorait si Ardizzone lui avait ou non révélé qu'elle était derrière la manœuvre bien élaborée.

– Il t'envoie le bonjour.

Elle continuait de ne rien dire.

– Il m'a proposé un travail.

Elle ne pouvait réagir en aucune manière. Si elle se montrait surprise, il pourrait lui demander pourquoi elle s'étonnait, vu que c'était elle qui avait mis le mécanisme en mouvement.

Elle fut très forte. Elle se limita à le fixer sans aucune expression dans le regard.

– Et toi, qu'est-ce que tu lui as répondu?

– Que j'y réfléchirai.

Il intercepta le rapide coup d'œil qu'Adele échangea avec Daniele.

Ils en avaient parlé!

Mais sa femme n'y tint plus.

– Mais tu as une idée de ce que tu vas faire?

Ils n'en pouvaient plus, décidément, de l'envie de se débarrasser de l'emmerdeur.

– Pas encore.

Rôtissez encore un peu sur le gril. Il voulut s'amuser un peu.

– Tu sais, Adele, j'étais déjà en train de m'organiser.

– Pour quoi faire?

– Comment ça, pour quoi faire? Pour faire le retraité, non? La perspective de rester toute la journée ici dedans, avant, quand j'étais encore à la banque, elle me terrorisait, mais ce matin, en y réfléchissant bien, ça ne m'a pas paru si tragique. À part le fait que je pourrais trouver un travail à faire à la maison.

Le coup d'œil que cette fois Daniele et Adele échangèrent était de pur effroi.

Vers deux heures du matin, il éteignit le téléviseur du bureau mais, au lieu d'aller se coucher, il prit la clé de la porte de communication et se dirigea vers le fond du couloir. Il essaya d'introduire la clé, mais elle n'entrait pas dans la serrure. Adele avait laissé la sienne à l'intérieur, en la tournant bien de façon à ce qu'il ne puisse pas la faire tomber.

Alors, il alla prendre les autres clés, ouvrit la porte de derrière, descendit l'escalier, contourna la maison, ouvrit la porte principale et monta le grand escalier qui menait au premier étage. Arrivé sur le palier, il tourna à gauche et se retrouva dans le couloir de l'appartement d'Adele, éclairé par l'habituelle lampe nocturne.

La porte de la chambre de Daniele était ouverte. Le lit intact démontrait que le jeune avait désormais l'habitude de dormir avec Adele.

La porte de la chambre matrimoniale, elle, était fermée. Il y colla l'oreille. À la différence de l'autre fois, il les entendit parler à voix basse. Ils discutaient, cela se comprenait d'après leur ton, même si les phrases arrivaient par lambeaux.

Elle : … tu verras que je vais le convaincre…

Daniele : … parce que s'il n'accepte pas, moi…

Elle : … ne fais pas l'idiot…

Daniele : … non, je retourne là-bas…

Il entendit que le garçon sortait du lit. Il se mit à courir, descendit le grand escalier à toute vitesse, sortit de la maison et rentra par l'escalier arrière.

Il arriva dans sa chambre le souffle court.

Mais il était satisfait, il avait réussi à gâcher leur nuit.

Son bonheur se dissipa quand il alla aux toilettes. Une sensation de brûlure à le plier en deux. Il ne pouvait pas continuer comme ça.

Le lendemain matin, la première chose à faire était de téléphoner à Carmelo Caruana.

## 6

Avec Caruana, ils s'étaient connus quand ils étudiaient à l'université et, malgré les facultés diverses, ils étaient devenus assez amis, au point que pendant un an ils avaient dormi dans la même chambre en location.

Après, pendant de nombreuses années, ils s'étaient totalement perdus de vue pour se retrouver, déjà hommes mûrs, Caruana urologue de renommée internationale et professeur d'université et lui, haut dirigeant de la banque avec laquelle le professeur trafiquait souvent et volontiers.

Parce que Caruana, avec tout l'argent qu'il s'était fait, était un de ceux qui aimaient spéculer et faire des bénéfices, et lui, il avait eu l'occasion de lui donner quelques bons conseils.

Il l'appela à la maison.

– Si tu as besoin de moi, appelle-moi à ce numéro que je t'ai écrit là, mais au plus tard avant huit heures du matin. Après, je sors et je suis difficile à joindre, lui avait dit une fois cette sommité en lui tendant un bout de papier.

Une gentille voix féminine lui répondit, sûrement sa femme, qui lui dit d'attendre, que peut-être le professeur était déjà sorti mais Caruana vint à l'appareil, essoufflé.

– Tu m'as rattrapé devant la porte de l'ascenseur. Je fonce. Qu'est-ce qui t'arrive ?

Il lui expliqua ce qu'il avait.

– Depuis quand tu l'as, ce problème ?

– Depuis un mois.

– T'as trop traîné. Tu as pris ton petit-déjeuner ?

– Je n'en prends jamais. Je prends juste un café.

– Et tu l'as fait ?

– Oui.

– Alors, ce matin, on peut rien faire. Fais-toi acheter en pharmacie le flacon idoine et demain matin, vraiment à jeun, quand tu vas faire pipi, tu en mets un peu dans le flacon et puis tu l'apportes au laboratoire Gerratana, ils sont bons et rapides. Dis-leur que tu veux l'examen des cultures. Et tant que t'y es, fais-toi faire l'analyse du sang. Je veux la numération globulaire complète plus les plaquettes. Ah, je veux aussi le PSA, total et libre. C'est clair ? Tu t'en souviens ?

– Oui. Je vais le noter. Et après ?

– Dès qu'on te donne les résultats, téléphone-moi.

Il se mit une cravate et sortit sans rien dire à personne. De toute façon, il n'attendait ni visite ni coup de fil.

On voyait déjà dans les rues des gens vêtus comme en plein été. Et, de fait, il eut tout de suite chaud, avec son costume épais.

La pharmacie n'était pas tout près, à pas normal il mettrait plus ou moins une demi-heure, mais il ne prit pas l'autobus, il avait envie de marcher.

Il arriva à la pharmacie trempé de sueur, non seulement sa tenue n'était plus de saison mais lui aussi était rouillé, il y avait des années qu'il n'avait pas fait une promenade aussi longue. Il dut faire la queue. Il y avait des gens, surtout des vieux, qui sortaient en ramenant chez eux un sachet de plastique qui avait l'air d'un sac de supermarché, plein à ras bord de médicaments. De toute façon, ils ne les payaient pas.

Il acheta deux flacons et, à peine sorti de la pharmacie, se convainquit qu'il avait trop tiré sur la corde, il lui fallait se reprendre un peu des forces avant de refaire le chemin jusqu'à la maison.

Il vit un bar avec tables à l'extérieur sur le trottoir et alla s'asseoir.

Au garçon qui s'était précipité, il commanda un café.

Mais il sentait que la fatigue, au lieu de lui passer, augmentait de minute en minute, se répandant des jambes à tout le corps. Bien des années auparavant, encore jeune, il avait attrapé une bronchopneumonie.

Voilà, il se sentait comme durant les premiers jours de convalescence. La même langueur, la même sensation de dérive.

Maintenant, même les bras devenaient mous.

Il commença à s'inquiéter, ça ne lui était jamais arrivé auparavant.

Comment était-il possible qu'une marche d'une demi-heure le mette dans cet état? Pire que s'il avait eu quatre-vingts ans!

La table était à l'ombre, mais il continuait à transpirer abondamment.

Il se passa un mouchoir sur le visage mais ne fut pas soulagé.

Et tout à coup la placette commença à tourner autour de lui, prenant peu à peu de la vitesse, jusqu'à ce qu'il ne réussisse plus à rien distinguer, hommes, maisons, voitures, tout était devenu une espèce de tourbillon grisâtre dans lequel, pendant quelques secondes, il s'abîma complètement.

Il émergea de nouveau, sans savoir au bout de combien de temps, en respirant avec peine, trempé de sueur froide.

Devant lui, debout, il y avait une jeunette de dix-huit ans, mignonnette, en jean, chemisette et nombril à l'air, qui le fixait, inquiète.

– Vous vous sentez mal?

– Non, merci, je suis juste un peu fatigué.

– Si vous avez besoin…

– Non, merci.

– Vraiment sûr?

– Soyez tranquille, merci.

La petite s'éloigna en se retournant sans arrêt pour le fixer.

Quand le garçon enfin daigna poser devant lui le plateau avec le café, il dut, pour porter la tasse à sa bouche, utiliser les deux mains. Le café lui fit tout de suite son effet.

Il paya, se leva les jambes encore tremblantes, s'arrêta sur le bord du trottoir et, dès qu'il vit passer un taxi, leva le bras.

Quand il entendit l'adresse, le chauffeur marmonna.

– Mais c'est à deux pas!

Il lui donna double tarif et, entré dans l'appartement, courut tout de suite à la salle de bain, se dévêtit et se rafraîchit longuement.

Ensuite, il se recroquevilla sur le lit, en pensant à la gamine du bar. Lui, à dix-huit ans, aurait-il fait de même ? À dix-huit, peut-être que oui, à trente-six, non. Et, à trente-six, la même gamine se serait-elle arrêtée ? Et Adele ? Serait-elle capable de le faire ? Adele même pas à dix-huit ans, conclut-il entre amertume et amusement.

Mais que signifiait ce malaise ?

Peut-être y avait-il une explication et il ne s'agissait pas de maladie.

Chaque année, dans les deux premiers jours des vacances, il lui venait un fort mal de tête et une grande sensation d'épuisement. Puis il avait compris que c'était son corps qui souffrait du brusque changement de rythme, pas d'horaires obligés, pas de discussions ni de négociations, pas de sonneries nerveuses de téléphone, pas de tensions, et que ces deux jours de malaise étaient donc comme une espèce de chambre de décompression.

Mais maintenant son corps savait que le changement de rythme n'allait pas durer un seul mois, mais pendant des années et des années, tant qu'il vivrait, et il avait réagi à sa manière. Peut-être que dans les jours à venir, ce malaise se répéterait encore quelquefois, jusqu'à disparaître complètement, dès que le corps se serait adapté.

Au bout d'une heure, il se sentit normal.

Il gagna son bureau et, avant de se mettre à lire les journaux, appela Giovanni à l'interphone.

– Prépare-moi tout de suite un vêtement plus léger. Dans l'après-midi, je dois sortir.

À midi moins le quart, le téléphone sonna. C'était Mario Ardizzone.

– Alors, vous avez décidé ?

– En gros, c'est d'accord.

L'autre garda le silence.

– Non, on y est pas, dit-il ensuite.

– Pourquoi ?

– Il me semble avoir été extrêmement clair avec vous. Si vous n'êtes pas des nôtres, moi cette affaire, je ne la conclus pas. Vous ne pouvez pas me laisser comme ça, dans le doute.

– Pardon, quel doute ?

– Si vous me dites que vous êtes d'accord en gros, ça, chez moi, ça veut dire que vous ne l'êtes pas en détail et que donc vous, après que je me suis découvert auprès des gens de la Fides, à un certain moment, vous pouvez vous retirer. Non, il faut que vous me disiez oui ou non, nettement, maintenant. Essayez de comprendre ma situation.

– Écoutez-moi. À quelle heure devez-vous donner votre réponse à ceux de la Fides ? À cinq heures, il me semble.

– Oui.

– Bien. Ne vous vexez pas, mais pourrais-je parler d'abord brièvement avec votre père ?

– Si c'est une question de salaire, avec papa, c'est d'accord pour que vous décidiez vous-même du chiffre.

– Ce n'est pas une question de salaire.

– Je dois vous avertir que papa, officiellement…

– Je le sais, mais je ne veux pas lui parler officiellement.

L'autre marqua une pause.

– J'ai compris. Je vous rappelle tout de suite, dit-il enfin, avec un peu d'agacement.

Et de fait, cinq minutes plus tard :

– Papa vous attend chez lui à quatre heures précises. Ce sera court ?

– Oui.

– Vous savez où il habite ?

– J'y ai déjà été une fois.

– Quand vous aurez parlé avec papa, vous me donnerez une réponse certaine ?

– Naturellement.

À table, avec lui, il n'y avait qu'Adele. Daniele était resté manger à la cantine universitaire.

Il nota qu'elle avait des valises sous les yeux.

La dispute de la nuit dernière devait avoir beaucoup duré et peut-être s'était-elle conclue par un retour à la paix d'intensité et durée semblables, sinon supérieures à celles de la querelle.

– Qu'est-ce que tu as ? lui demanda-t-elle.

Un instant, il fut perdu, elle l'avait pris de vitesse, c'était précisément la question qu'il était sur le point de lui adresser.

– Rien. Pourquoi ?

– Tu es très pâle.

– Je vais bien.

Il ne lui passa même pas par l'antichambre de la coucourde de lui dire qu'il avait eu un malaise.

En premier plat, il y avait les pâtes au thon qui lui plaisaient beaucoup. Mais il se sentait l'estomac serré, n'avait pas de 'pétit.

Cela faisait quelques mois qu'il devait se forcer à manger. Mais cette fois, ce fut pire, parce que le parfum du thon, dès qu'il le sentit, lui donna une sensation de nausée. Bien sûr, c'était une conséquence du malaise de la matinée.

Mais pour éviter les inévitables questions d'Adele, il parvint à manger la moitié de l'assiette.

– Tu as parlé avec Ardizzone, ce matin ?

Elle aussi était pressée de savoir.

– Oui.

– Qu'est-ce que tu as décidé ?

– Avant de décider, je veux parler avec son père.

– Tu y vas toi, ou c'est lui qui vient ?

– J'y vais, moi, chez lui, aujourd'hui à trois heures et demie.

Il marqua une pause.

– Il habite loin ? demanda-t-elle.

– Assez. Sa villa se trouve dans une traverse de la route pour Catane, où il y a aussi l'hôtel Regina.

Et il la fixa avec une intention précise, rencontrant en retour le regard clair et ferme de sa femme.

“Si tu as toujours tout su, pourquoi ne m’en as-tu jamais parlé ? Il t’a manqué le courage de réagir ?” semblait-elle lui demander tandis qu’elle le regardait fixement, mais sans mépris ni défi.

C’est pourquoi il fut le premier à baisser les yeux.

– Mais qu’est-ce qui vous arrive ? Vous rajeunissez ? Vous savez que je vous trouve plus maigre que l’autre fois ? On vous a mis au régime ?

– Pas encore.

– Moi oui, malheureusement, dit le commandeur Ardizzone en le faisant asseoir dans un vaste fauteuil au salon.

Le commandeur, en effet, avait vieilli. Bien sûr, quelques années de prison, surtout à un certain âge, ça ne réussit pas à la santé. Mais ses yeux, qui semblaient ceux d’un Arabe, étaient toujours intelligents et prêts à aspirer les pensées de l’interlocuteur.

– Mon fils m’a fait savoir que vous vouliez me parler et je suis là pour vous écouter. Mais avant je désire vous dire que j’ai été envieux de Mario.

– Pourquoi ?

– Parce que l’idée de vous inviter à venir travailler avec nous aurait dû venir de moi et non de lui. Et maintenant je vous écoute.

– Il s’agit de questions très délicates que je voudrais traiter avec vous, face à face et avec beaucoup de franchise.

– Et moi avec vous, en toute franchise, je parlerai.

– À la banque, nous avons toujours su que derrière la Fides, il y a Giuseppe Torricella. C’est bien ça ?

Torricella était un parrain de la vieille mafia qui avait su surnager même durant la guerre déchaînée par les Corleonesi*.

– *C’était* bien ça.

---

* Dans les années 80, le clan des Corleonesi, originaires de Corleone, un village proche de Palerme, a conquis le pouvoir dans la mafia au prix d’une guerre interne très sanglante. *(NdT)*

– Maintenant, ça ne l'est plus ?

– Non.

– Commandeur, parlons clairement. Vous, par l'intermédiaire de votre fils Mario, vous vous apprêtez à acquérir, en plus de la Prontocontanti, la Fides. Je peux être sûr, dites-le-moi d'homme à homme, que Torricella va continuer à rester, à tous égards, en dehors de la partie ?

Les yeux d'Ardizzone se réduisirent à deux fentes.

– J'ai compris ce que vous me demandez. Et moi je vous réponds que je ne suis pas comme Filippo Careca. Vous la connaissez, son histoire ? Non ? Je vous la raconte. Don Filippo Careca, à un certain moment, n'arrivait plus à baiser sa femme qu'était une jeunette. Le genre de chose qui arrive à un type qui se marie avec une qui a trente ans de moins que lui. Alors, qu'est-ce qu'il fit ? Il se mit à payer un jeune pour qu'il la baise à sa place pendant que lui restait là à regarder. Moi, à ma femme, le service je le lui ai toujours fait moi-même, je n'ai jamais baisé par personne interposée. Je me suis bien expliqué ?

– Parfaitement.

– Du reste, pour faire la fusion, vous aurez tous les papiers à votre disposition et comme ça vous pourrez contrôler que…

– Commandeur, à moi, plus que les papiers, ce qui importe, c'est ce que vous avez à me dire de vive voix.

– Et moi, je vous ai dit ce qu'il y avait à dire. D'autres questions ?

– Oui. Une. Les sureffectifs.

– Je n'ai pas compris.

– Dès que la fusion sera intervenue entre la Prontocontanti et la Fides, il sera inévitable qu'il y ait un excès de personnel.

– Eh ben ? Ceux qui sont en plus, vous les renvoyez…

– Ce n'est pas aussi facile que ça en a l'air.

– Vous voulez parler des syndicats ?

– Non.

– Alors, expliquez-moi.

– Quelques-uns des employés de la Fides ont été mis là personnellement par Torricella.

– J'ai compris. Vous avez peur que si vous en licenciez quelques-uns, Torricella le prenne mal ?

– Je n'ai pas peur, commandeur. Sauf que je voudrais entendre que j'ai les mains libres.

– Et vous les avez. Sauf qu'il faudra avoir du jugement.

– Dans quel sens ?

– Dans le sens que vous devez savoir distinguer. Je vous donne un exemple.

Il se trompait ou il y avait maintenant un petit sourire imperceptible sous les moustaches blanches d'Ardizzone ?

– Prenons le cas d'une femme mariée qui met les cornes à son mari. Est-ce qu'on peut la définir comme une radasse ? Non, la radasse, c'est autre chose. Et si le mari l'apprend et ne la jette pas dehors, c'est parce qu'il connaît les raisons pour lesquelles sa femme lui met les cornes.

Il se sentit glacé. L'allusion à Adele et lui était évidente. Et aussi l'histoire de Careca, en la racontant, le vieil Ardizzone avait voulu la rapporter à sa situation privée. Il n'avait pas d'autre choix que de faire semblant de ne pas avoir compris. Il réussit à se contrôler et à se reprendre.

– Vous êtes en train de me dire qu'un employé qu'a fait embaucher Torricella n'est pas nécessairement un mafieux ?

– Vous avez très bien compris. Je n'en doutais pas. Mais je vous répète, vous avez les mains libres. Vous avez ma parole. Je vous dirai même plus : si vous rencontrez des difficultés, faites-le-moi savoir immédiatement. Autre chose ?

– Non.

– Alors, je peux téléphoner à Mario que vous acceptez ?

– Oui.

– Vous avez fait le bon choix. Et maintenant que vous l'avez fait, je puis vous dire que vous n'avez rien à craindre de Torricella. Avant qu'on commence à parler des sureffectifs, il va passer du temps, non ?

– Un an, au moins.

– Un an ?! Et vous venez me parler de Torricella ? Ne me faites pas rire !

– Pourquoi ?

– Mais parce qu'un an, c'est long ! Et Torricella, il arrivera au bout de l'année ?

– Il est malade ?

– Non. Mais qui peut savoir ce qui se passera demain ? Dans les mains du Seigneur, nous sommes. Même si un type pète de santé, il peut toujours passer un camion qui l'écrase.

À peine sorti de la villa et monté dans la voiture pour rentrer, il se repentit d'avoir accepté.

Le vieil Ardizzone l'avait tranquillisé, en lui fournissant les assurances qu'il avait voulues. Il avait même fait davantage : il lui avait donné sa parole.

Mais il continuait à trouver que ça sentait le roussi.

Bon, d'accord, Ardizzone lui avait dit avec une extrême clarté qu'en aucun cas il n'agirait comme prête-nom de Torricella.

Mais en admettant même que Torricella veuille se débarrasser de la Fides, il ne réussirait jamais à savoir dans quelles conditions il l'avait fait, quels avaient été les accords secrets entre Ardizzone et le mafieux.

Et il n'était même pas à exclure qu'Ardizzone, pour pouvoir continuer à faire tranquillement ses affaires, ait été contraint d'acheter la Fides justement par Torricella. Et que l'acquisition de la Prontocontanti ait été une idée ultérieure, qu'Ardizzone avait eue pour rendre la chose moins évidente.

Oui, ça avait dû se passer ainsi.

La Prontocontanti jouerait le rôle de façade honnête pour la Fides et puis… Lui, il donnerait une façade de respectabilité à toute l'opération.

C'est pour cela qu'ils tenaient tant à l'avoir.

Mais il y avait un moyen d'en sortir à temps. Signer un premier contrat limité à un an. Un an, à lui, ça lui suffirait amplement pour se rendre compte de ce qui se passait réellement. Après quoi, si l'affaire était propre, il restait; dans le cas contraire, à l'échéance du contrat, personne ne pouvait l'empêcher de s'en aller.

Un moment.

Il y avait un aspect du discours que lui avait tenu Ardizzone qui devait être examiné avec attention.

Si on n'oubliait pas que le vieux était un grandissime filou, y avait-il une autre raison pour lui avoir fait comprendre qu'il était au courant de la situation avec Adele, à part la satisfaction méchante de le lui dire en face?

Peut-être que oui.

Peut-être ces paroles dissimulaient-elles une menace précise: si tu ne fais pas ce que je te dis de faire, je peux te couvrir de merde à n'importe quel moment, en mettant tout le monde au courant de la manière dont ta femme se comporte avec toi et sur comment tu te comportes avec ta femme. Si je veux, je te démolis.

Et peut-être qu'il était en possession de quelque photographie compromettante d'Adele. Non, une fois qu'il aurait accepté, peut-être bien qu'il ne serait pas si facile de s'en aller.

Un violent coup de klaxon le fit sursauter. Sans s'en apercevoir, il avait freiné d'un coup.

Juste devant le motel Regina.

# 7

Il n'y avait guère de trafic sur la route. Il eut donc tout le temps pour tourner commodément à gauche et aller se garer sur l'esplanade devant l'entrée du motel.

Il sortit de la voiture, entra dans l'établissement.

– Vous désirez? lui demanda le réceptionniste, assis devant l'habituel meuble de casiers numérotés, avec un journal sportif ouvert sur le comptoir et occupé à une soigneuse exploration de la narine droite.

Mais dans l'entrée, à part le réceptionniste, il n'y avait pas âme qui vive et on n'entendait aucun bruit, aucune voix, l'endroit paraissait absolument vide.

– Un café, s'il vous plaît.

– Je vous le fais préparer tout de suite, répondit l'employé en pressant un bouton de sonnette.

Heureusement, ce serait une autre personne qui le lui préparerait. Avec le faible espoir que le barman aurait les mains propres.

L'entrée n'était pas grande, il y tenait un canapé et deux fauteuils en similicuir, le comptoir du réceptionniste et, au fond, celui du bar avec l'habituelle exposition de bouteilles sur les étagères du mur.

À droite, une voûte donnait sur un couloir où s'alignaient les portes du rez-de-chaussée, à gauche un escalier conduisait aux chambres des étages.

Certes, les lieux n'étaient pas aussi crasseux qu'il l'avait imaginé, mais négligés et d'un lugubre à faire peur.

D'une petite porte derrière le comptoir du bar, un homme mal vêtu surgit.

– Fais un café au monsieur, dit le réceptionniste.

Bien qu'il ne l'eût vu que deux fois et des années auparavant, il le reconnut: c'était lui qui avait ôté de la vue la voiture d'Adele. Ce devait être une espèce d'homme à tout faire : porteur, voiturier, barman.

Aux murs, quelques photographies encadrées.

Il s'approcha pour les scruter. Un chanteur de petit calibre, un présentateur de la télévision locale, un joueur de foot, un comique et le pilier qui, certainement, avait été l'amant d'Adele. Chaque photographie avait sa brave dédicace enthousiaste au motel, le pilier avait signé de son prénom, Geoffrey, parce que c'était ainsi qu'il était connu comme joueur.

Le café était à recracher tout de suite au visage de qui l'avait préparé.

– Geoffrey était de vos clients ? demanda-t-il au barman.

Et pour repousser tout soupçon, et que l'autre ne le prenne ni pour un flic ni pour un agent du fisc, il sourit comme un qui jouit d'un heureux souvenir et ajouta :

– Quel magnifique joueur ! Il n'y en avait pas deux comme lui ! C'était un de vos clients ?

– Souvent, quand il était dans notre équipe, il passait l'après-midi ici. Et, certaines fois, il s'arrêtait même pour la nuit.

– Mais il n'habitait pas à l'hôtel des Palmes ?

– Oui, mais c'était ici qu'il venait, disons comme ça, se reposer, fut la réponse accompagnée d'un petit sourire.

Il fit semblant de ne pas avoir compris.

– Pourquoi, à l'hôtel où il était, il ne se reposait pas ?

– Vous le savez que le pauvre malheureux était toujours assailli par les admirateurs ? Il ne pouvait pas faire deux pas en paix. Ici, au moins, personne lui cassait les burnes.

– Moi, j'étais un de ceux-là.

– De qui ?

– De ceux qui, comme vous dites, lui cassaient les burnes.

– Vraiment ? Vous n'avez pas l'air.

– Et en fait, oui. Je n'ai jamais raté une partie. Je le suivais même quand il jouait ailleurs. Vous ne me croirez pas, mais chez moi, j'ai un album avec ses photos. Et aussi le maillot qu'il portait dans cette fameuse partie…

Il ne savait comment continuer et alors s'arrêta net, comme pris d'une idée à l'improviste.

– Dites-moi, par curiosité : quand il venait ici, il voulait toujours la même chambre ?

– Oui, mais pas lui, c'était la… c'était celle qui l'accompagnait qui voulait toujours la même à cause de la salle de bain, paraît-il. Pour être sûre, elle réservait.

Il jouait la comédie à merveille, se complimenta-t-il. C'était une capacité qu'il avait eu l'occasion de cultiver avec les clients difficiles, à la banque. Mais il n'avait jamais eu l'occasion d'aller si loin.

Il sortit son portefeuille, en extirpa un billet de cinquante euros, le posa sur le comptoir.

– Vous voulez de la monnaie ? se méprit l'autre.

– C'est pour vous si vous me faites voir la chambre de Geoffrey.

L'homme le considéra longuement, il n'était pas convaincu par la demande, il avait peur qu'elle ne fût pas aussi innocente qu'elle paraissait. Après un rapide coup d'œil aux casiers, il dit :

– Ça pourrait se faire, vu qu'actuellement elle est libre. Mais avant, je dois en parler avec… Excusez-moi.

Il sortit de derrière le comptoir, alla bavarder avec le portier. Celui-ci le fixa pendant que le mal-vêtu lui parlait, puis lui fit signe d'approcher.

– Je n'ai pas bien compris ce que vous désirez. Vous voulez juste jeter un coup d'œil à la chambre ?

– Ben, si c'est possible, je voudrais y rester une petite heure, pour respirer le même air que Geoffrey… dit-il en posant aussi devant lui un billet de cinquante.

Les deux employés échangèrent un regard, ils avaient trouvé un pigeon, le fan exalté et imbécile.

– Mais nous ne louons pas à l'heure, dit le portier.

– Mais moi, je suis d'accord pour payer le tarif de la nuit entière.

– Oui, d'accord, mais je dois vous avertir que cette chambre est la plus chère de tout le motel, c'est une suite, il y a un petit salon, un…

– Ça me va très bien comme ça.

Le portier lui donna une des clés. Lui, il tendit celles de sa voiture au mal-vêtu qui le fixa, ahuri :

– Qu'est-ce que j'en fais ?

– Vous me la mettez dans le garage.

C'est le portier qui répondit.

– Le garage est réservé aux clients habituels, monsieur. Et aujourd'hui, en plus, il est plein comme un œuf.

Donc, Adele était une cliente habituelle.

– À moins que… continua le portier.

– Dites-moi.

– À moins que, pour recréer la même atmosphère que quand il y avait Geoffrey, vous n'ayez de la compagnie. À deux, selon notre règlement, on a droit au garage.

Celle-là, il ne s'y attendait pas.

– Mais il n'est pas plein comme un œuf?

– Avec un peu de bonne volonté, on trouve toujours une place.

– Mais moi, je ne sais pas comment…

– Si vous le désirez, je peux m'en occuper.

Donc, c'était un vrai bordel.

– Non, merci. Je vous laisse un papier d'identité ?

– Si vous ne restez qu'une heure…

Ils ne l'enregistreraient pas, comme ça, ils pourraient se partager l'argent de la chambre.

– La deux est la première à droite, continua le portier en montrant l'arcade.

Le seuil franchi, il se retrouva dans une petite antichambre avec deux portes.

Celle à droite donnait sur un salon au mobilier suédois d'un certain goût, il y avait une télévision et le minibar. La porte de gauche était celle de la chambre à coucher. Le lit matrimonial était spacieux, l'armoire avec son grand miroir était stratégiquement placée de manière que couché, on pût se voir, il y avait là aussi un téléviseur.

Mais la grosse surprise, il l'eut en entrant dans la salle de bain, quasiment aussi grande que le salon, avec baignoire, miroir inclinable au mur, double lavabo.

C'est pour ça, comme l'avait dit le portier, que cette chambre était devenue la préférée d'Adele. C'était un lieu digne de la cérémonie. La cérémonie de la reine du bordel.

Plusieurs fois, Adele l'avait averti, au temps de Geoffrey, qu'elle ne rentrerait pas, qu'elle dormirait chez Gianna... Et en fait, elle venait là, et le matin, le noir, assis sur le tabouret blanc de plastique...

L'élancement de la jalousie fut tel qu'il alla s'effondrer sur le lit. Il ferma les yeux.

Et dans le silence, il entendit, étouffés mais reconnaissables, les bruits qui venaient de la chambre à côté. Ensuite, tout fut fini et dans le silence retrouvé arriva un gloussement de femme, exactement comme celui de sa femme.

Était-il possible qu'Adele... ?

Non, hors de question. Elle savait qu'il devait passer par là. Et si, en fait, elle était venue quand même pour le provoquer ? Allons, comment pouvait-elle prévoir qu'il allait s'arrêter au motel ?

La femme continuait à rire. Comme si elle savait qu'il se trouvait dans la chambre d'à côté et qu'elle se moquait de lui.

Il se fourra la tête sous l'oreiller, se le serra contre les oreilles.

Mais qu'est-ce qu'il était venu faire là ?

C'était la première fois qu'il cédait à une impulsion irrationnelle.

Comment se fit-il qu'il ne remarqua pas le stop ?

Peut-être avait-il la tête trop prise par la discussion avec Ardizzone ou bien plutôt par l'inutile arrêt au motel, en tout cas la voiture qui arrivait de droite et qui le cueillit en plein n'avait aucun tort de son côté.

– Mais qu'est-ce que vous faisiez, vous dormiez ? lui demanda, agressif, le quadragénaire distingué qui était au volant, en sortant, furieux, de la voiture étincelante et de superluxe.

La jeunette, elle aussi élégante et étincelante, qui se tenait à ses côtés sortit également et se mit à inspecter les dégâts. Ensuite, elle le jaugea avec un sourire railleur qui devait signifier que, d'après elle, il n'était plus en état de tenir un volant, trop vieux désormais, il vaudrait mieux qu'il conduise une chaise roulante.

Tout autour d'eux était en train de s'élever un concert déchirant de klaxons actionnés avec fureur par des personnes qu'irritait le ralentissement du trafic.

Lui, sous le choc, avait eu la trouille.

Il sortit de la voiture les jambes flageolantes.

– Vous n'avez pas respecté le stop ! Et heureusement que j'allais doucement !

– Vous avez tout à fait raison, répondit-il, docile.

– Vous êtes assuré ?

– Bien sûr.

Ils échangèrent leurs coordonnées et leurs cartes de visite.

La portière arrière de la voiture ne s'ouvrait plus, elle s'était creusée. Il repartit mains tremblantes. Il n'avait jamais eu le moindre accident. Chez l'assureur, ils allaient s'étonner.

Adele, en revanche, elle avait des accidents plus souvent qu'à son tour. Elle avait certainement un carrossier de confiance. Il lui demanderait à elle où faire réparer la voiture.

Quand il arriva chez lui, il se sentait passablement fatigué. Il alla aux toilettes et le supplice fut pire que les autres fois.

Tout compte fait, sa deuxième journée de retraité avait été très occupée. Le mieux était de s'étendre un moment.

On frappait.

– Le dîner est servi, monsieur.

Il s'était assoupi. Avant d'aller dîner, il se rafraîchit longuement, mais la légère sensation d'étourdissement qu'il éprouvait ne diminua pas. D'abord le malaise et ensuite l'accident : deux chocs dans la même journée, pour un homme âgé, c'était décidément trop.

Il trouva Adele assise qui l'attendait, elle lui signala que Daniele dînait avec des amis. Mais elle s'aperçut tout de suite que quelque chose ne tournait pas rond.

– Tu es très pâle. Tu te sens mal ? Tu t'es disputé avec Ardizzone ?

– J'ai eu un accident.

– Toi ?! demanda-t-elle, abasourdie, et puis, aussitôt après, anxieuse : tu t'es fait mal ?

Elle était pleine de sollicitude et sincèrement inquiète.

– Moi, je n'ai rien eu, mais la voiture, oui.

– Je m'en moque, de la voiture, dit-elle. Le carrossier s'en occupera.

– C'était justement ce que je voulais te demander.

Mais il n'arrivait pas à avaler le potage.

– Tu le laisses ? À midi non plus, tu n'as pas mangé.

– Ce soir, je me sens un peu secoué.

– Mange au moins un peu de fruits. Je te les pèle.

– Bon, d'accord.

– Comment ça s'est passé, avec le vieil Ardizzone ?

– J'ai accepté.

Un grand sourire.

– Tu ne peux pas savoir comme je suis contente.

– Pourquoi ?

– Mon chéri, habitué comme tu es à travailler, tu deviendrais dingue à rester toute la journée enfermé à la maison sans rien faire.

"Et toi aussi, pensa-t-il, tu deviendrais dingue à m'avoir toute la journée à la maison. Et Daniele non plus ne l'aurait pas supporté."

C'était mieux pour tout le monde.

– Qu'est-ce qu'il y a ce soir à la télévision ?

– Un vieux film qui doit être très beau, il s'appelle *Une aventure romantique*. Tu vas voir que ça va te plaire à toi aussi.

À huit heures et demie le lendemain matin, il appela un taxi et se fit conduire au laboratoire d'analyses Gerratana, remit le flacon à une jeunette en blouse blanche qui se tenait derrière le comptoir et lui répéta ce que lui avait dit Caruana.

– Pour l'examen du sang, vous devez attendre une dizaine de minutes dans la salle d'attente, on viendra vous chercher.

– Dites-moi, quand est-ce que je peux venir chercher les résultats ?

– Cet après-midi, à partir de dix-sept heures trente.

Ils étaient rapides, rien à redire.

À dix heures pétantes, il était dans les bureaux ultramodernes du groupe Ardizzone. La secrétaire l'introduisit dans un petit salon dont le mobilier ressemblait en tous points à celui des revues d'ameublement qu'Adele achetait de temps en temps.

– Le directeur va vous recevoir tout de suite.

Aux murs étaient accrochés des tableaux abstraits aux couleurs très vives, peut-être qu'on les vendait avec les meubles.

– Asseyez-vous, je vous prie.

Mario Ardizzone, dès qu'il le vit entrer, se leva, vint à sa rencontre avec un grand sourire, lui tendit la main.

– Bienvenue ! Bienvenue du fond du cœur !

– Merci.

Et, vu que l'autre en avait clairement envie, il se laissa étreindre et donner de grandes claques dans le dos.

Le bureau était à peine moins grand qu'une place d'armes, c'était assez impressionnant. Et c'était sans doute l'objectif poursuivi. Un téléviseur, deux ordinateurs personnels, trois téléphones de différentes couleurs, minibar, une grande table ovale avec dix sièges autour, un petit meuble avec une machine à café, un canapé et deux fauteuils de grand luxe dans un coin. Et des tableaux énormes, interchangeables avec ceux du salon.

– Je peux vous offrir quelque chose ?

– Non, merci.

– Vous pouvez fumer, si vous voulez.

– Je ne fume pas.

– Alors, on peut établir le détail des conditions ?

– D'accord.

Ils restèrent deux heures à parler. Ardizzone avait ordonné à la secrétaire de ne le déranger sous aucun prétexte.

Sur les conditions, ils se mirent tout de suite d'accord. La seule résistance, il la rencontra quand il proposa le contrat d'un an, l'autre le voulait triennal. Mais il l'emporta.

Puis Mario l'informa que la veille, dès qu'il avait su par son père que le nouveau retraité avait accepté le poste, il s'était empressé de donner une réponse positive aux gens de la Fides. Donc, le pas était franchi et on ne pouvait plus reculer. Sinon, il y aurait de gros risques.

– Au pire, ils nous font un procès pour non-respect d'un contrat.

– Il n'y a pas encore de contrat.

– Encore mieux.

– C'est vous qui le dites. J'ai donné ma parole que l'affaire se ferait.

– À Torricella ?

– Non. Mais sachez que Torricella, depuis hier dix-sept heures n'a plus rien à voir avec la Fides. C'est clair ?

Pour la Prontocontanti, il n'y avait pas de problèmes.

– Maintenant, je vais vous dire comment je vois les choses.

Il voyait les choses en grand, le jeune gars. Peut-être trop. Et il le lui dit carrément. Mais l'autre ne se laissa pas convaincre. Chacun resta sur ses positions.

À la fin, Ardizzone lui tendit deux grosses chemises en lui expliquant qu'elles contenaient les papiers concernant l'état actuel des sociétés, il voulait qu'il les examine et lui donne son avis, indispensable pour procéder à l'acquisition définitive.

– Vous pouvez commencer demain, venez quand ça vous arrange le mieux. J'ai fait mettre à votre disposition un bureau à trois portes du mien. Vous pourrez vous servir de mon secrétariat. Je vais vous montrer les lieux, si ça ne vous convient pas, dites-le-moi tout de suite.

La pièce lui plut. Les meubles étaient d'une modernité supportable et il n'y avait pas de tableaux aux murs.

Sans aucun doute, Mario était un gars capable, qui comprenait vite comment était fait chaque homme avec lequel il avait à faire.

– Ça vous plaît ? Oui ? Provisoirement, vous travaillerez là, mais quand la fusion aura été conclue, vous aurez votre bureau dans le nouveau siège de la firme. À propos, il faudra lui trouver un nom qui inspire confiance.

Aucune allusion à ce qui avait été discuté avec son père.

Il était décidément capable, le gars.

Pour rentrer en taxi, il fallut presque une heure, la circulation était si engorgée qu'à un certain moment, il fut tenté de descendre et de faire le trajet à pied. Mais il était trop fatigué, il n'y arriverait pas. Le chauffeur ne cessa de jurer.

– Votre secrétaire de la banque a téléphoné deux fois. Elle a dit comme ça si vous pouvez la rappeler immédiatement. Le déjeuner est prêt.

– Ma femme est là ?

– Oui.

– Dites à madame de commencer. J'arrive tout de suite.

Il gagna son bureau, composa le numéro direct qui, trois jours plus tôt, était encore le sien. L'ex-secrétaire lui répondit aussitôt.

– *Dottore*, il y a du courrier pour vous. Qu'est-ce que je fais ?

– Ce sont des enveloppes à en-tête ?

– Trois, oui. Un de la coopérative agricole Montagnella, une de la Banca di Roma et une de la Banca d'Italia.

– Passez-les à Verdini.
– Bien. Et puis, il y en a une privée.
– Ouvrez-la.
Une minute après, il entendit la voix surprise de son ex-secrétaire.
– *Dottore,* il n'y a qu'une photographie.
– Qu'est-ce qu'elle représente ?
– Un jeune couple. Elle, manifestement enceinte.
– Regardez le tampon, dites-moi d'où ça vient.
– De Londres.
– Il n'y a rien d'écrit derrière ?
– Non.
– Mettez-la dans une autre enveloppe et expédiez-la-moi.

Son fils. Peut-être que la perspective de la paternité était en train de le changer ? En tout cas, la photo, il la lui avait adressée à la banque et pas chez lui. Pour que ce ne soit pas Adele qui l'ouvre.

Soudain et sans motif, sa gorge se serra.

## 8

Adele attaquait le deuxième service.

– Comment ça se fait que tu rentres si tard ?

– Il y avait beaucoup de circulation.

– Tu as été chez Mario ?

Enfin, elle s'était trahie. Comment était-elle au courant du rendez-vous avec le jeune homme ? Il était plus que sûr de ne pas lui en avoir parlé.

De deux choses l'une : ou bien ils se voyaient ou bien ils restaient en contact téléphonique. Et donc, ce qu'il avait soupçonné depuis le début était amplement confirmé : ce n'était pas une initiative de Mario. Peut-être ce dernier avait-il présenté à son père l'idée comme sienne mais le vrai cerveau, l'unique metteur en scène de l'opération Ardizzone, mise en mouvement pour lui, c'était elle, Adele.

– Oui, nous avons fixé quelques détails.

Elle ne rouvrit pas la bouche jusqu'au moment où elle attaqua les fruits. Elle le dévisagea à deux reprises, fit mine de parler, mais ne dit rien. Sans doute voulait-elle l'interroger encore sur la rencontre avec Mario. Mais s'ils s'étaient vus ou téléphonés, elle ne savait pas tout, maintenant ?

– Qu'est-ce que tu veux me dire ? l'aida-t-il.

– Tu as signé le contrat ?

– Pas encore, mais nous sommes d'accord sur la somme et sur la durée.

– Quelle durée il a ?

En un éclair, il comprit où elle voulait en venir. Mario lui avait confié une tâche : le persuader de signer un contrat de plus longue durée.

– Trois ans, répondit-il tranquillement.

Il voulait la provoquer, voir comment elle réagirait au mensonge. Et, de fait, Adele, le visage rougissant, allait lui répliquer avec des regards enflammés, mais elle se retint. Elle se leva, furieuse.

– Je dois y aller. Salut.

– Au revoir.

Resté seul, il grignota un peu de salade.

Inexplicablement, il continuait à se sentir fatigué et donc, à peine sorti de table, il alla se coucher.

À cinq heures, il appela un taxi et se fit conduire au laboratoire d'analyses.

Il dit au chauffeur d'attendre, retira une grande enveloppe, paya, rentra. Il cacha l'enveloppe, sans même l'avoir ouverte, dans le deuxième tiroir de droite, en la fourrant sous une boîte pleine de vieilles photographies. Il avait peur qu'Adele, en voyant par hasard l'en-tête du laboratoire d'analyses, l'ouvre et commence à lui poser des questions. Il ne voulait pas la mettre au courant de son problème, il en avait honte.

Il pensa qu'au point où il en était, autant valait commencer à mettre de l'ordre dans le bureau en commençant par le premier tiroir. Les trois de droite contenaient des papiers personnels, ceux de gauche de vieux dossiers bancaires, désormais inutiles.

Pour commencer, il prit la mallette de plastique vert dans laquelle se trouvait le pistolet, jamais utilisé, dont la banque avait, voilà longtemps, doté quelques employés et dirigeants, selon des critères qu'il n'avait jamais réussi à comprendre. Pour éliminer la tentation, il l'avait ramené à la maison.

Car, avoir cette arme sous la main au bureau entraînait le danger qu'en cas de braquage, il soit tenté de réagir en l'empoignant. Et les braqueurs ne lui laisseraient pas le temps d'aller plus loin, en lui déchargeant dans la poitrine une rafale de mitraillette ou autre.

Il l'avait expérimenté en personne, en début de carrière, quand il était deuxième caissier à l'agence de Cianciana.

Le premier caissier finissait de compter l'argent pour l'unique client au guichet tandis que lui refaisait les comptes sur la calculatrice. Les ordinateurs n'existaient pas encore.

Deux types au visage masqué de cache-nez, revolver au poing, étaient entrés et avaient crié :

– Mains en l'air !

Les deux caissiers et le client, atterrés, avaient obéi.

– Donnez-nous l'argent ! avait intimé le même.

Ils étaient nerveux et pressés, il était évident qu'ils allaient se contenter des deux fonds de caisse, il ne leur viendrait même pas dans l'antichambre de la coucourde de se faire ouvrir le coffre-fort. Tandis qu'il tendait trois liasses de billets à l'un des deux braqueurs, il s'aperçut que dans leur dos était apparu le directeur, Virgillito, il s'appelait, le pauvre imbécile, avec un pistolet qui lui dansait dans les mains tellement il tremblait. Il avait tiré, fracassant la pendule accrochée au mur. Mais avant que Virgillito ait eu le temps de presser une fois de plus la détente, le braqueur qui avait toujours parlé s'était retourné comme un serpent et lui avait tiré un unique projectile en plein visage. Ensuite, les deux malfrats s'étaient enfuis les mains vides. Virgillito avait sauvé deux cent cinquante mille lires mais avait perdu la vie.

Il posa la mallette à terre et prit une grande enveloppe jaune.

Il était en train de l'ouvrir quand on frappa.

– Qu'est-ce qu'il y a ?

– Madame a téléphoné pour prévenir qu'elle ne dîne pas ici ce soir et qu'elle va aller voir un film avec Mme Gianna.

C'était mieux comme ça.

Il n'avait toujours pas envie de manger et encore moins d'écouter les exhortations d'Adele. Laquelle avait certainement décidé de passer une soirée dehors avec Daniele. À moins que Daniele ait reçu le même genre de coup de fil.

Une seule chose était certaine : ce ne serait pas Gianna qui irait avec elle au cinéma. Ni aucune femme.

Dans l'enveloppe, il n'y avait que des lettres, réparties en deux paquets, chacun lié par un ruban rose. C'étaient les lettres qu'ils s'étaient échangées avec Michela quand ils étaient fiancés.

Il l'avait connue à Raguse juste après avoir été embauché à la banque. Michela n'était pas belle, mais elle avait un corps pas mal et de grands yeux noir d'encre. Jeunette sérieuse, de caractère doux et réservé, de bonne famille, elle avait étudié jusqu'au lycée, mais ne s'était jamais inscrite à l'université. Il avait pensé, après qu'ils se furent un peu fréquentés en se rencontrant chez des amis, qu'elle serait une femme parfaite pour lui.

À la question "veux-tu m'épouser", Michela avait répondu oui au bout d'une minute éternelle de silence. Elle avait réfléchi. Peut-être ne représentait-il pas son idéal, mais peut-être aussi qu'elle désespérait de trouver mieux. Ils s'étaient mariés après une année de fiançailles, Luigi était arrivé l'année suivante. Et quand Michela était morte, après dix-sept ans de mariage, il s'était senti perdu. Parce que avec le temps ils s'étaient pris d'affection l'un pour l'autre.

La veille de sa mort, alors qu'il la veillait depuis trois nuits sans jamais se coucher, elle…

"Non, se dit-il, arrête-toi."

Pourquoi maintenant, alors que, depuis des années, il n'y pensait plus, pourquoi Michela lui revenait-elle à l'esprit? Pourquoi sentait-il sur le point de l'envahir les souvenirs du temps où sa vie d'homme marié avançait sur des rails qui non seulement ne pouvaient réserver de surprises, mais donnaient même la sensation d'un voyage tranquille et serein vers la gare finale?

Il était en train de commettre une très grossière erreur: s'il voulait se débarrasser des papiers inutiles, ce n'était pas par là qu'il devait commencer, mais par les trois tiroirs de l'autre côté. Il remit à l'intérieur l'enveloppe et la mallette, ferma à clé.

Mais l'envie lui était passée.

Il n'arrivait pas à s'ôter Michela de l'esprit.

Pendant deux ans après sa mort, il était allé la trouver au cimetière le jour anniversaire de son décès. Il ne le faisait ni parce qu'il était croyant ni par respect des usages, mais par un besoin authentique. Il n'allait pas lui parler, comme le font tant de gens, mais restait debout devant la tombe à penser à elle.

Luigi, non, lui, le cimetière, c'était carrément devenu sa deuxième maison. C'est pourquoi il avait jugé bon de l'expédier à Londres. Puis il était arrivé que, juste pour le troisième anniversaire de la mort de Michela, la banque l'avait envoyé à Rome. Depuis lors, les visites s'étaient raréfiées et, quand il avait connu Adele, il n'y était plus allé.

Il était convaincu qu'il allait vieillir ainsi, sans aucune femme à ses côtés, et en fait Adele lui avait donné une espèce de seconde vie.

Eh oui, une seconde vie. On dit que les chats ont sept vie, mais l'homme, combien peut-il en avoir ?

– Monsieur ?

– Oui ?

– Je mets le couvert ici, dans le bureau ?

– Qu'est-ce qu'il y a à manger ?

– Potage de légumes, crevettes bouillies, fromage et fruits.

– Ne mets pas le couvert, apporte-moi un peu de fruits dans une assiette.

Il les mangea en regardant le journal télévisé.

À neuf heures, il sortit du tiroir l'enveloppe des analyses et l'ouvrit. Il y avait deux fiches, l'une contenait les résultats de l'examen du sang et des urines, l'autre du PSA, dont il ne savait même pas ce que c'était. Il y jeta un coup d'œil, n'y comprit rien et appela Caruana.

– On m'a donné les analyses.

– Je t'avais dit qu'ils étaient rapides ! Lis-les-moi.

– Toutes ?

– Tu manques de souffle ?

– Non, mais je ne voudrais pas te déranger.

– Tu as raison. Ma femme est en train de trépigner pour aller dîner, je suis rentré un peu tard.

– Je t'appelle demain

– Bon. Non, écoute. Prends les analyses d'urine. Regarde où il y a le plus grand nombre de croix.

Il jeta un coup d'œil.

– À côté de Ciprofloxacine, il y en a quatre.

– J'ai compris. Maintenant, dis-moi ce qui est écrit dans le PSA.

Il le lui dit.

Caruana parut quelque peu interloqué.

– Tu es sûr que tu me donnes les données du PSA ?

– Tout à fait.

Il y eut une pause.

– Demain matin, tu as des engagements…

– En fait, je devrais…

– Laisse tomber. Je veux te voir.

– Bon, d'accord.

– Passe à mon cabinet à dix heures précises. Je ferai en sorte de te recevoir tout de suite. Tu connais un pharmacien qui peut te donner un médicament sans ordonnance ?

– Oui.

– Envoie acheter tout de suite une boîte de Ciproxin, c'est un antibiotique, tu en prends un ce soir et un autre demain matin, à douze heures de distance. Et puis tu continues les jours suivants. Plus tôt tu commences et mieux ça vaut. Tu verras que ça va te faire passer le malaise tout de suite. On se voit demain, j'insiste. Et amène les analyses. Ah, écoute, prends ta température avant d'aller au lit.

Pourquoi est-ce que Caruana lui était apparu préoccupé ? Et qu'est-ce que ça venait faire, la température ? Lui, à part ce malaise qu'il avait eu et le manque d'appétit qui lui était venu ces derniers jours, il se sentait assez bien. Un peu crevé, ça oui. Mais n'était-ce pas surtout un effet psychologique de son départ à la retraite ?

Heureusement qu'Adele n'était pas à la maison. Comme ça, elle ne se rendrait compte de rien. Il appela Giovanni, lui dit d'aller à la pharmacie et lui donna un bout de papier sur lequel il avait écrit le nom du médicament.

– Mais peut-être qu'elle est fermée, à cette heure-ci.

– Elle fait le service de nuit. Dis-leur que c'est pour moi. Achète-moi aussi un thermomètre.

Une demi-heure plus tard, après avoir pris l'antibiotique, il regarda un film de gangsters.

Avant de se coucher, il prit sa température. Trente-sept huit.

Bizarre ! Il avait de la fièvre, c'était sûr, mais il ne le sentait pas. Peut-être qu'il était comme ça depuis longtemps et qu'il ne s'en était pas aperçu. Il dormit d'un sommeil agité.

Et, vers le matin, il fit un rêve.

Il était dans son bureau de la banque et la secrétaire venait juste de lui apporter le courrier. Sur la quatrième enveloppe qui se trouvait devant lui, était écrit de travers, en haut et à gauche, "personnel". L'adresse était manuscrite, mais la graphie lui était inconnue.

Il l'ouvrit. La feuille pliée en quatre n'était pas du papier à lettre mais d'imprimante, épais. Elle était entièrement écrite à la main, très serrée, au point qu'il n'y avait pas de marges blanches, ni au-dessus ni au-dessous et pas non plus sur les côtés. Les caractères étaient si petits qu'on eût dit des pattes de fourmi et les mots étaient collés les uns aux autres jusqu'à former un mot unique long comme une ligne entière. Ni point ni virgule. Et on ne comprenait même pas en quelle langue c'était écrit.

Le verso de la feuille était traité comme le recto. Et même, étant donné qu'il n'y avait pas vraiment de début ou quelque chose d'identifiable comme tel, il n'était pas possible de distinguer où était le recto. Plus qu'une lettre, cela ressemblait à une feuille détachée d'autres semblables.

Il couvrit la feuille d'une chemise et appela la secrétaire à l'interphone.

– Faites-moi avoir une loupe.

– Je ne crois pas en avoir.

- Trouvez-m'en une.

Ce n'est qu'après que la secrétaire la lui eut portée et qu'elle fut sortie en fermant la porte derrière elle qu'il déplaça la chemise et commença à examiner l'écrit à la loupe. Ce n'était ni de l'arabe ni du cyrillique ni une quelconque écriture de sa connaissance. Il prit en main l'enveloppe pour examiner le tampon et s'aperçut qu'il n'y en avait pas. Il rappela la secrétaire, en dissimulant à nouveau la lettre, mais en gardant l'enveloppe à la main.

– Voulez-vous venir un instant ?

Et quand elle entra, il la lui montra :

– Comment l'avez-vous eue ?

La secrétaire la fixa.

– Ah oui, c'est le commis qui me l'a remise.

– Et qui la lui a donnée, à lui ?

– Très probablement quelqu'un du bureau des renseignements ou le portier.

– Informez-vous.

Cinq minutes plus tard, l'interphone sonna.

– *Dottore*, l'enveloppe a été remise à Manusardi, aux renseignements.

– Dites-lui de venir me voir.

Il ne le connaissait pas, ce Manusardi. Un gars trentenaire, visiblement embarrassé de se retrouver devant l'un des codirecteurs.

– Cette lettre pour moi vous a été remise à vous ? lui demanda-t-il en lui tendant l'enveloppe.

– Oui.

– Quand ?

– Ce matin, c'est la première personne qui est entrée dans la banque. Il s'est précipité en courant, essoufflé. C'est ce qui m'a frappé et…

– Quel genre était-ce ?

– Un monsieur d'âge mûr. Bien habillé et…

Il hésitait, il ne savait pas s'il devait continuer.

– Manusardi, je vous prie de tout me dire.

– C'était impressionnant.

– Quoi ?

– La ressemblance avec vous. Vous, je vous vois passer quatre fois par jour. On aurait dit…

Il perdit patience. Ce qui n'arrivait presque jamais.

– Parlez, bon Dieu!

– … votre frère jumeau.

– Vous pouvez aller, merci.

C'était impossible. Il avait eu un frère jumeau dont il ne se rappelait pas parce qu'il était mort quand il avait à peine un an, il ne savait comment. C'était sa mère qui le lui avait raconté. Qui pouvait être cet homme qui lui ressemblait tant?

Le téléphone sonna.

– *Dottore*, il y a un certain personnage qui désire vous parler.

– Soyez précise. Qu'est-ce que ça veut dire, un certain personnage?

– Il n'a pas voulu dire son nom. Mais il dit que c'est important. Qu'est-ce que je fais?

– Passez-le-moi.

– Allô, c'est toi?

– Qui est à l'appareil?

– Comment tu fais pour ne pas comprendre qui est à l'appareil?

En fait, la voix lui semblait vaguement familière.

– Écoutez, je n'ai pas de temps à perdre.

– C'est vrai.

– Qu'est-ce qui est vrai?

– Que tu n'as plus de temps à perdre. Tu as reçu la page que je t'ai envoyée? C'est la tienne.

– Qu'est-ce que ça veut dire, c'est la mienne?

– Tu n'as pas vu qu'elle est déjà tout écrite?

– Oui. Et qu'est-ce que ça veut dire?

– Qu'on ne peut plus rien écrire dessus.

Et il entendit que l'inconnu avait raccroché.

Et il comprit aussi que la voix qui venait de lui parler était la sienne.

Il se réveilla trempé de sueur.

À dix heures pile, le lendemain matin, il était assis dans la salle d'attente du cabinet de Caruana. Il était un peu mal à l'aise à l'idée de la visite à laquelle allait le soumettre d'ici peu son ami médecin. Comment font-elles, les femmes, pour aller chez le gynécologue avec tant de désinvolture ?

– Venez, l'invita une infirmière depuis le seuil.

– Mais j'étais là avant ! protesta un sexagénaire sec comme un coup de trique.

– C'est le professeur qui a demandé de procéder ainsi, rétorqua l'infirmière sur un ton sans réplique.

Avec Caruana, ils s'embrassèrent.

– Mais tu le sais que tu as beaucoup maigri depuis la dernière fois qu'on s'est vus ? Tu t'es mis au régime ?

– Non.

– Tu as perdu l'appétit ?

– Ces derniers temps, oui.

– Donne-moi les analyses. Excuse-moi si je fais vite mais...

Il passa un moment à les examiner.

– Hier soir et ce matin, tu as pris l'antibiotique ?

– Oui.

– Tu as pris ta température ?

– Trente-sept huit.

– Et les jours précédents ?

– Je ne me la suis pas prise, parce que je ne me sentais pas de fièvre. Comme hier soir, d'ailleurs.

– Tu la sentais pas, mais tu en avais. Baisse ton pantalon et ton caleçon, et appuie-toi là avec les mains.

Ce fut un moment embarrassant. Et qui dura plus longtemps qu'il n'aurait cru.

– Bon, bien, rhabille-toi.

Caruana alla s'asseoir derrière le bureau, le fit asseoir sur le siège en face.

– En ce qui concerne le désagrément dont tu souffres depuis quelque temps, ce n'est rien de grave, une infection banale.

– Due à quoi ?
– C'est pas d'origine sexuelle, sois tranquille.
Et il eut un petit sourire, mais d'une fausseté évidente.
– Continue avec l'antibiotique, tu verras que d'ici une semaine ça te passe. Mais...
– Mais ?
– Je n'aime pas du tout les résultats du PSA. Tu as des taux très anormaux. Et j'aime moins encore ce que j'ai senti en te palpant.
– Qu'est-ce que je dois faire ?
– Tu as pris ta retraite, je crois.
– Oui.
– Et, donc, tu es libre d'engagements professionnels.
– En fait, on m'a offert un travail qui...
– Repousse-le de quelques jours.
– Pourquoi ?
– Parce que je veux qu'un ami à moi te voie. Mais il s'agit d'examens assez longs et pour deux jours au moins tu devras rester à la clinique.
– On peut les commencer la semaine prochaine ?
Il lui fallait un peu de temps pour s'habituer à l'idée.
– D'après moi, il vaut mieux les faire sans perdre de temps.
– Bon, d'accord.
– Maintenant, je vais téléphoner à mon ami qui va sûrement te trouver une place dans sa clinique. C'est le professeur De Caro.
– Le cancérologue ?
– Oui.

9

Au point où on en était, il n'avait plus aucune possibilité de dissimuler la situation à Adele.

Il décida de le lui dire à table, les yeux dans les yeux, de manière qu'elle n'ait pas trop le temps de lui poser des questions trop circonstancielles. Mais pourquoi faisait-il tout son possible pour ne pas lui raconter vraiment ce qui lui arrivait ? Peut-être les raisons étaient-elles nombreuses et peut-être ne réussissait-il pas à toutes bien les préciser. Qu'il ne voulût pas l'inquiéter n'était certes pas la raison principale, il savait très bien que les préoccupations d'Adele dureraient au grand maximum une demi-journée, puis ces inquiétudes seraient emportées par ses occupations sociales et surtout personnelles.

Adele était un de ces passereaux qui, après avoir été trempés comme une soupe par un orage en restant à découvert sur une branche, se secouent en battant des ailes et redeviennent plus secs qu'avant.

Non, peut-être la vraie raison était-elle qu'il ne voulait pas se montrer diminué, affaibli aux yeux d'Adele.

Aux yeux d'Adele ou plutôt à ceux de Daniele ?

Depuis qu'elle avait amené son amant sous le toit conjugal, sa femme avait déployé une stratégie visant à l'exclure du centre vital de la maison, constitué principalement de sa chambre à elle. Mais si maintenant il allait lui raconter qu'il n'était plus en bonne santé, cela pourrait représenter pour les deux amants une espèce de déclaration d'abandon du terrain. Est-ce que ça ne se passe pas ainsi entre les animaux, quand le chef de meute est vieux et malade et se retrouve exclu en faveur du mâle plus jeune ? Quand il sortit, il découvrit que, comme un fait exprès, ce jour-là, Daniele n'était pas allé à l'université et donc mangeait avec eux. Et Adele avait déjà fini le premier service.

Il pesa le pour et le contre : devait-il parler à sa femme en présence du garçon ou le faire quand il ne serait pas là ? Il décida de ne pas lui parler à part. S'il était vrai, comme il l'était en effet, qu'Adele avait monté tout ce bataclan pour l'éloigner de la maison, la nouvelle qu'il allait lui donner lui ferait d'une certaine manière plaisir et il ne voulait pas se perdre le jeu de coups d'œil complices entre Daniele et elle. C'était une comédie à laquelle il lui plaisait d'assister malgré la banalité, la prévisibilité du scénario.

– Pardon de ne pas t'avoir attendu, dit sa femme en le voyant entrer, je dois me dépêcher, parce que j'ai une réunion importante tout de suite après le déjeuner.

Daniele, lui, l'avait attendu pour commencer.

– Tu as cinq minutes ? Je dois te dire quelque chose.

– Tu ne peux pas me le dire au dîner ? Je viens juste de t'expliquer que j'ai une réunion, dit Adele, agacée.

– Ce soir, je ne serai pas là.

– Tu dînes dehors ? lui demanda-t-elle, étonnée de la nouveauté.

– Non. À cinq heures, je dois entrer en clinique.

Daniele leva les yeux pour fixer Adele mais elle continua à scruter son mari.

– Clinique ? Quelle clinique ?

– Comme je souffrais de certains troubles, je me suis fait examiner par Caruana, l'urologue.

– Et qu'est-ce qu'il t'a dit ?

Elle ne lui parut pas extrêmement préoccupée.

– Il m'a envoyé chez un spécialiste.

– Mais Caruana n'en est pas un ?

– Oui, bien sûr, mais il a besoin de…

– Il veut avoir l'avis d'un autre médecin ?

– En gros, oui.

– Et qui est-ce ?

– Tu ne le connais pas.

Elle marqua une brève pause avant de repartir à l'attaque :

– Pourquoi tu ne m'en as pas parlé ?

– Pour quoi faire, je t'en aurais parlé ?

À son ton, elle comprit le sens vexant de la question et dans ses yeux passa un éclair de fureur.

Mais il ne se sentait pas d'affronter une discussion et s'arrangea pour la faire avorter.

– Ça m'avait l'air d'un truc sans importance.

– Et ce n'est pas le cas ?

– Je ne voulais pas dire ça.

– Mais combien de temps tu dois y rester, à la clinique ?

– Quatre jours maximum, on doit me faire des examens, des analyses, des vérifications, ce genre de choses.

– Justement dans une période où j'aurai du mal à trouver du temps !

Il eut un petit rire.

– Mais qu'est-ce qui te passe par la tête ? De venir me voir ? Allez !

– Écoute, dit-elle en jetant un coup d'œil à sa montre et en se levant de table. Tu veux que je fasse quelque chose pour toi ?

– Qu'est-ce que tu veux faire ? Giovanni m'a déjà tout préparé. Je te téléphonerai pour te tenir au courant.

– Fais bien attention à toi, dit-elle en sortant.

Au bout de quelques minutes après son départ, Daniele lui adressa la question qu'Adele ne lui avait pas posée.

– Quelle clinique, mon oncle ?

– Celle de De Caro.

Il vit nettement Daniele sursauter. Il était étudiant en médecine, et donc connaissait la spécialisation de De Caro.

C'est lui qui le dirait à Adele, la maladie que pouvait avoir quelqu'un qui allait dans cette clinique.

Ce jour-là, profitant de ce que sa femme était partie en hâte, il ne toucha pas à la nourriture.

– Tu veux que je t'accompagne à la clinique, mon oncle ?

– Non, merci.

Il alla dans son bureau et avertit Mario Ardizzone qu'en raison de certains examens ordonnés par un médecin, il ne pourrait pas se présenter avant une semaine.

– Donc, vous n'aurez même pas le temps de jeter un coup d'œil aux papiers, dit Ardizzone sans même lui demander de quelle maladie il souffrait.

– Au contraire, je crois que j'aurai tout le temps nécessaire. J'ai obtenu une chambre particulière et je peux travailler en paix.

– Je vous en prie, faites attention, ne laissez pas traîner les dossiers. Je ne voudrais pas que des yeux indiscrets...

– Soyez tranquille. D'ici une semaine, je serai certainement en mesure de tout vous dire sur la fusion.

On ne pouvait certes pas dire que la chambre de la clinique était petite, elle avait une belle fenêtre qui donnait sur un parc, on y disposait d'un téléviseur, d'une petite table et d'une armoire, les toilettes étaient privées. N'était l'ameublement, typique des hôpitaux, en plastique et métal chromé, on eût dit une chambre d'hôtel de catégorie moyenne.

Il avait déjà posé les deux chemises avec les papiers des firmes sur la table mais il dut les enlever lorsque, vers sept heures, on lui servit le dîner. Lui, qui déjà avait l'estomac bloqué, à l'idée de manger si tôt fut pris de nausée. Il réussit, à grand-peine, à avaler une poire. Quand ils emportèrent le plateau, il reposa les deux chemises sur la table, les rouvrit et commença à étudier les documents.

Ce fut la première et la dernière fois qu'il eut la possibilité de les examiner dans les jours où il resta à la clinique.

Parce que les ennuis commencèrent le lendemain matin à six heures, quand l'infirmière vint lui ouvrir la fenêtre.

Il était déjà réveillé depuis une demi-heure, mais avait préféré rester couché, il s'était réveillé très fatigué comme si, de toute la nuit, il n'avait rien fait d'autre que marcher en côte.

– Comment puis-je avoir un café ?

– Un café ?! Monsieur veut un café ou bien le petit-déjeuner complet au lit ? le moqua l'infirmière. Mais vous le savez ou pas, que vous devez faire des tonnes d'analyses ?

Et après les analyses vinrent les radiographies ; et après les radiographies vint la résonance magnétique et après la résonance magnétique vint le scanner. Et des examens continus, non seulement gênants mais aussi douloureux.

Il n'eut la possibilité de rien penser, sa vie passée avait été comme annulée d'un coup, maintenant il était une espèce de poupée de chair qu'on se repassait de main en main.

Au matin du quatrième jour, on le laissa dormir en paix. Mais à neuf heures De Caro se présenta.

– J'ai déjà téléphoné à l'ami Caruana qui vous passe le bonjour.

– Merci.

Il ne dit rien d'autre, se limitant à fixer le professeur d'un air interrogatif.

– J'ai l'habitude de parler clair avec mes patients.

– Je vous écoute.

– Ça ne fait aucun doute, vous avez une tumeur à la prostate.

Il fut ahuri. Qu'est-ce qu'il lui racontait ? Une tumeur ?

Il allait céder à la peur quand il se souvint que Tumminello aussi, le codirecteur central dont il avait pris le poste, avait été affecté d'une tumeur à la prostate, il avait été à l'hôpital, mais ensuite était revenu besogner tranquillement jusqu'à son départ en retraite, trois ans plus tard.

– Qu'est-ce qu'il faut faire ?

– D'après moi, il faudrait opérer sans perdre de temps. À condition que vous soyez d'accord.

Qu'est-ce qu'il pouvait dire ? Il était un peu perplexe, ce que lui avait dit De Caro ne lui était pas encore bien entré dans la tête.

– Si vous le dites, professeur…

– Alors, après-demain, je vais vous opérer. Ne vous inquiétez pas, c'est une intervention absolument pas difficile. D'ici une semaine maximum, vous serez rentré chez vous.

Chez lui.

Ce furent ces mots qui lui rappelèrent qu'il n'avait jamais téléphoné à Adele. Et elle non plus ne l'avait pas appelé.

Il prit le mobile, composa le numéro. C'est Giovanni qui répondit.

– Madame n'est pas là, monsieur, elle est partie hier matin.

– Où est-elle allée ?

– À Taormina, pour un colloque.

Comment se faisait-il qu'elle ne lui en eût pas parlé, de ce colloque ? Un colloque, ça se prépare de longs mois à l'avance. Elle le savait certainement déjà depuis un moment et elle était décidée à y aller, la dernière fois qu'ils s'étaient vus. Peut-être y avait-il une explication à ce mystère.

– Passez-moi Daniele.

– Le jeune monsieur a accompagné madame.

La voilà l'explication, celle qu'il avait imaginée.

– Quand rentrent-ils ?

– Cet après-midi.

À temps pour sa sortie de clinique, dont ils ignoraient toutefois qu'elle avait été renvoyée. S'il n'avait pas téléphoné au valet, il n'aurait rien su de ce voyage, parce qu'eux, ils ne lui en auraient sûrement pas parlé.

– Écoutez, Giovanni, comme je vais devoir rester encore quelques jours, j'aurais besoin que vous m'apportiez des affaires propres. Prenez note.

Et donc Adele et Daniele n'avaient pas perdu de temps pour mettre son absence à profit. Pourquoi en était-il secoué ? Pourquoi s'en indignait-il ? Il ne l'avait pas toujours su ?

Il resta toute la matinée couché.

Vers trois heures, le mobile qu'il gardait sur la table de nuit sonna. Il sursauta, il ne s'y attendait pas, la sonnerie lui parut faire plus de bruit qu'une fanfare.

– J'espérais te trouver à la maison et en fait Giovanni m'a dit…

– Oui, je dois rester encore quelques jours.

– Pourquoi ?

– Après-demain, on m'opère.

– On t'opère ? Et de quoi ?

– On m'a trouvé une tumeur.

– Oh, mon Dieu ! Mais qu'est-ce que tu dis ?

Sa voix avait changé du tout au tout.

– Écoute, ne t'inquiète pas, De Caro m'a dit que…

– Jusqu'à quelle heure les visites sont-elles autorisées ?

– Je ne sais pas.

– J'arrive tout de suite.

– Non.

Ce non lui était sorti impulsivement et il sentit qu'elle, de surprise, en avait le souffle coupé, émettant une espèce de sanglot.

– Mais pourquoi ?

– Ne viens sous aucun prétexte.

– Tu es devenu fou ? Pourquoi est-ce que je ne…

– Je n'aime pas l'idée de te voir ici.

– Mais j'ai tellement envie de…

– Et moi non.

– Je ne resterai que cinq minutes.

– Non. Je préfère le plaisir de penser à toi quand je te retrouverai à la maison. Tu me comprends ?

– Pas du tout. Mais si tu ne veux pas…

– Très bien. Après l'opération, dès que je suis en état de le faire, je t'appelle. D'accord ?

– Si ça te va comme ça, à toi…

Il éteignit le mobile dans la crainte qu'elle le rappelle pour insister encore. Il ne l'avait pas fait pour se venger de sa brève fugue avec Daniele. Mais la vue d'Adele dans cette pièce aseptisée, étrangère, privée d'intimité, l'aurait beaucoup dérangé. D'elle, il avait une image qu'il voulait conserver intacte, il ne voulait pas qu'il s'en superpose une autre, celle de la femme en visite auprès de son mari malade, la tête de circonstance, l'air abattu… Et puis que viendrait-elle faire ? Elle s'assoirait sur la chaise métallique, peut-être réussirait-elle à s'arracher une larme ou deux et… de quoi pourraient-ils bien parler ? Certes, il ne pouvait lui demander de détails sur son séjour à Taormina.

Paradoxalement, plutôt que dans une clinique, il aurait préféré la voir au motel Regina. Là, sûrement, elle serait moins embarrassée.

Deux jours plus tard, à sept heures du matin, un infirmier se présenta pour le préparer à l'opération. Cette fois, il n'éprouva aucune honte.

L'intervention s'était très bien passée, lui annonça le professeur. Il y avait le tracassin du cathéter, mais ça, on s'y habituait.

– Après-demain, vous pourrez rentrer chez vous. Avant de vous laisser partir, je passerai vous dire au revoir.

Il n'éprouvait rien, sinon qu'il se sentait un peu hébété. Il appela Adele.

– Je sais tout, lui dit-elle d'une voix joyeuse. L'opération s'est très bien passée.

Comment faisait-elle pour le savoir ?

– Qui te l'a dit ?

– J'ai appelé De Caro.

– Tu le connais ?

– Non. Mais sa femme fait partie de notre association. Après-demain Giovanni va venir te prendre. Appelle-le quand tu es sur le point de sortir. Moi, malheureusement, j'ai une réunion à laquelle je ne peux pas couper, autrement je serais venue. Tu l'as avec toi, le chéquier ?

Toujours précise et attentive, sa femme. Jamais au grand jamais tarder pour un paiement, manquer un rendez-vous, arriver en retard, oublier même la plus minime chose. Et surtout, toujours avec la tenue adaptée à l'occasion. Il lui vint l'envie de ne pas se raser, comme ça Adele, quand elle le verrait, lui jetterait un regard de désapprobation.

Le lendemain, il y eut une désagréable nouveauté. L'infirmière le réveilla à sept heures du matin alors qu'il pensait pouvoir rester couché tard, étant donné qu'il était convalescent et se sentait encore faible.

– Qu'est-ce qu'il y a ?

– Vous devez refaire les radiographies.

Encore ?! On recommençait du début. Plus que l'inquiéter, la nouvelle l'irrita.

– Je peux savoir pourquoi ?

– Ne me le demandez pas à moi. Moi, je fais ce qu'on me dit de faire. Vous avez besoin d'aller au cabinet ?

– Oui.

– Allez-y, mais ne vous lavez pas. Je vous laverai moi. Vous ne devez pas rester trop longtemps debout.

Désormais, la pudeur était un lointain souvenir.

Dans l'après-midi, on ne le dérangea pas. S'il avait voulu, il aurait même pu besogner sur les papiers des firmes, mais l'envie lui en était passée. Qu'est-ce que ça signifiait, ces nouvelles radiographies ? On ne lui en avait pas déjà fait sur tout le corps, poumons compris ? Pourquoi, cette fois, se limitaient-ils aux poumons ? Qu'est-ce qu'ils cherchaient ? Il y avait des complications ? À un certain moment, il ne put plus résister et appela l'infirmière.

– Je pourrais parler avec le professeur De Caro ?

– Normalement, aucun patient ne peut demander à parler avec le professeur. Mais même si je voulais faire une exception, je ne pourrais pas : le professeur est en train d'opérer.

Mais maintenant il était pris d'une impatience insupportable. C'était des manières de traiter un patient, sans lui dire rien de rien ? Téléphoner à Adele pour qu'elle se renseigne ? Non, ce n'était pas une bonne idée.

Il songea à Caruana. Eut la chance qu'on le lui passe tout de suite.

– Qu'est-ce qu'il y a ? Tout se passe bien, non ? De Caro est un ami, il me tient au courant.

– Ça allait bien. Mais ce matin on m'a refait la radio des poumons.

– Eh beh ?

– Je voudrais savoir pourquoi.

– Tu veux que je le demande à De Caro ?

– Je t'en serais reconnaissant. En ce moment, il est en train d'opérer.

– Ça veut dire que je lui parlerais d'ici deux petites heures. Sois tranquille, dès que j'ai des nouvelles, je t'appelle sur le portable.

Mais Caruana ne lui téléphona pas et quand il l'appela chez lui, vers dix heures du soir, ce fut sa femme qui répondit en disant qu'il n'était pas encore rentré. Il fit le numéro du cabinet et le téléphone sonna dans le vide. Il l'appela sur le portable et celui-ci s'avéra éteint.

Il passa une nuit affreuse.

Le lendemain matin, il quittait le lit sans qu'aucune infirmière soit venue le réveiller. Cela le rassura un peu. Cela signifiait qu'il n'y aurait pas de contre-ordres, d'ici quelques heures il sortirait. Il alla à la salle de bain, se lava, se rasa, s'habilla, prit ses affaires et les mit dans la valise, y compris les deux chemises.

À huit heures moins dix, il rappela Caruana. Cette fois, le téléphone sonna longtemps dans le vide. Se pouvait-il que même sa femme ne soit pas à la maison ? Ou bien Caruana ne voulait pas lui parler ?

Il ne se sentit pas le courage de l'appeler sur le mobile. Il était sûr de le trouver éteint. Après quoi, ne sachant que faire, il s'assit et alluma le téléviseur, ce qu'il n'avait pas fait jusque-là.

À neuf heures se présenta sur le seuil une belle petite qui n'était pas habillée en infirmière.

– Le professeur vous attend dans son bureau d'ici une demi-heure. Laissez donc la valise ici. Je la ferai descendre à la réception. En attendant, si vous voulez bien passer à l'administration…

Il eut un élan de joie. Si on le faisait sortir, les radios du jour précédent avaient été inutiles. Et, donc, si Caruana ne l'avait pas appelé ni n'avait répondu à ses appels, c'était tout simplement parce qu'il avait trop de travail. La facture était déjà prête. Il signa un chèque, se fit expliquer où se trouvait le bureau du professeur, prit l'ascenseur, descendit de deux étages, trouva la porte, frappa, une voix féminine lui dit d'entrer et, quand il s'exécuta, il se retrouva devant la belle petite de tout à l'heure, assise derrière un bureau.

– Je vais voir s'il peut vous recevoir.

Elle se leva, ouvrit une porte, entra en refermant derrière elle. Elle réapparut une minute après.

– Je vous en prie.

## 10

De Caro se leva, lui tendit la main, le fit asseoir. Il était en train d'écrire à la plume sur le bloc des ordonnances.

– Juste une seconde et je suis à vous.

Mais lui ne réussit pas à se retenir.

– Excusez-moi, professeur, mais pourquoi hier m'a-t-on refait des radios des poumons ?

De Caro fit comme s'il n'avait rien entendu, continua à écrire encore pendant cinq minutes. Après quoi, il posa le stylo plume, s'appuya au dossier, le fixa et enfin se décida à parler.

– Voyez-vous, avant de laisser partir un patient, j'ai l'habitude de réexaminer de près tout ce que nous avons fait à la clinique. Analyses, examens, vérifications pré et postopératoires. Il ne s'agit pas d'un résumé, non, je regarde les résultats des examens comme si on devait encore vous opérer. C'est clair ?

– Très clair.

– Bien, avant-hier après-midi, en recontrôlant tout ce qui vous concerne, j'ai remarqué une petite note de Santangelo, le radiologue. Il disait justement que, avant de vous laisser partir, il serait opportun de vous soumettre à un nouvel examen. Voilà tout.

– Oui, mais pourquoi ?

– Santangelo avait noté, dans les premières radios, une ombre, très petite, qui l'avait laissé perplexe. C'est pourquoi il conseillait une vérification.

– Et quel a été le résultat de cette vérification ?

– Qu'il y a bien une ombre. Vous n'êtes pas fumeur, n'est-ce pas ?

– Je n'ai jamais fumé.

– Et, à ce qu'il résulte de vos déclarations, vous n'avez jamais souffert de formes de catarrhe.

– Non.

– Jamais eu de pneumonie, de pleurésie, de bronchite.

– Exact. Professeur, vous ne pourriez pas être plus clair ?

– Il est de mon devoir d'être toujours clair. Nous supposons, mais c'est seulement une supposition, faites attention, je vous le répète, une simple supposition, qu'il peut s'agir d'une métastase.

Il se sentit s'enfoncer, avec le siège, sous terre. En un instant, il fut trempé de sueur. Il fut même incapable d'ouvrir la bouche. Il resta à fixer De Caro l'œil écarquillé. Le professeur perçut sa terreur.

– Avec la même franchise, je dois vous dire que, au cas malheureux où il s'agirait d'une métastase, nous pourrions opérer avec une relative facilité, étant donné son emplacement et sa dimension.

– Que... que dois-je faire ?

– Pour l'instant, vous allez rentrer chez vous et bien vous reposer pendant une semaine, puis vous reviendrez ici et nous ferons d'autres radiographies, pour lesquelles il ne sera pas besoin de vous hospitaliser. Et, surtout, mettez-vous en tête que de notre part, au stade actuel, il s'agit d'une simple supposition.

Il lui tendit deux feuilles.

– Je vous ai noté ici les médicaments dont vous avez besoin. Vous devez commencer dès aujourd'hui. Et sur cette autre feuille il y a les instructions.

Giovanni arrêta la voiture aux abords de la pharmacie et descendit l'ordonnance à la main pour acheter les médicaments.

“Et donc, pensa amèrement l'opéré, la maladie m'a appelé, par surprise, sous son drapeau. Maintenant, elle me concède une semaine de permission mais tout de suite après je dois me présenter de nouveau à la caserne. On va me donner mon congé, ou bien on va me garder en service permanent effectif?"

Giovanni revint avec un sac en plastique et ils repartirent. Pour passer le temps, il se mit à examiner les boîtes de médicaments. Il y avait aussi les injections à faire deux fois par jour.

– Giovanni, vous connaissez une infirmière?

– Pour la nuit, monsieur?

– Non, pour les piqûres.

– Ah, je crois que madame s'en est déjà occupée.

Il s'énerva. À l'évidence, Adele avait déjà téléphoné le soir précédent à De Caro et elle avait su comment ça se présentait. D'autre part, c'était mieux comme ça, Adele ne le soumettrait pas à un interrogatoire.

Ils étaient arrivés. Giovanni passa le portail de la villa, arrêta la voiture au pied de l'escalier de derrière.

– Vous y arrivez, à monter, monsieur? Voulez-vous que je vous aide?

– Je n'ai pas du tout besoin d'aide, répondit-il, agacé.

Il se hissa lentement, en s'appuyant de tout son poids sur la rambarde. Il se sentait brisé. Non pas par l'opération, mais par les dernières paroles de De Caro. Il était encore au milieu des marches quand le valet le rejoignit valise à la main, après avoir rangé la voiture au garage.

À peine entré, il allait tourner à gauche pour aller dans sa chambre à coucher, quand il fut arrêté par la voix de Giovanni.

– De l'autre côté, monsieur.

– Pourquoi?

– Madame, hier soir, nous a fait déplacer les meubles.

Mais qu'est-ce qui lui était venu en tête, à sa femme? Elle voulait qu'il revienne dormir avec elle dans la chambre conjugale? La porte éternellement fermée, celle qui reliait les deux appartements, était cette fois grande ouverte devant lui. Il entra, commença à remonter le couloir et, au bout de trois pas, le domestique l'arrêta de nouveau.

– Par ici, monsieur.

C'était dans la chambre de Daniele qu'Adele avait fait déplacer les meubles de sa chambre à coucher.

La surprise fut telle qu'il en eut comme un tournis. Il dut s'asseoir en hâte dans le fauteuil. La faiblesse le transformait en un fil d'herbe, il suffisait d'à peine un souffle de vent pour le plier.

– Et Daniele ?

– Madame a décidé que le jeune monsieur dormirait dans l'autre appartement, dans la chambre où vous dormiez.

– Apportez-moi un peu d'eau, s'il vous plaît.

Il n'avait pas besoin de boire, mais d'éloigner un peu le valet. Parce que, par traîtrise, lui était venue une boule dans la gorge et ses yeux s'étaient mouillés.

Entre veille et sommeil, il sentit un contact sur son front. Puis il reconnut les lèvres d'Adele. Alors, il ne voulut pas ouvrir les yeux. Depuis un bon moment, sa femme avait perdu l'habitude de l'embrasser. Autrefois, avant de sortir ou quand elle rentrait à la maison, elle le faisait toujours, elle n'y manquait jamais. Rien de particulièrement affectueux, juste une forme de salut amical. Par la suite, elle n'avait même plus fait ça.

Ensuite, il comprit qu'elle était sortie de la chambre sans faire le moindre bruit pour ne pas le réveiller.

Au bout d'un moment, il sentit qu'elle était revenue.

Alors, il ouvrit les yeux.

Debout au milieu de la chambre, immobile, Adele le fixait. Dès qu'elle vit qu'il s'était réveillé, elle ne dit rien, courut vers lui, s'agenouilla et posa une joue sur le dos de sa main.

Qu'est-ce qui lui arrivait, à sa femme ? Était-il possible qu'à force d'arroser, dans le désert, eût pointé un minuscule germe ?

À ce moment, Daniele entra et, en les voyant ainsi, il s'arrêta, ahuri. Adele aussi le vit mais ne changea pas de position.

Ce fut lui qui parla le premier :

– Comment va, Daniele ?

Le jeune s'arracha à sa torpeur.

– C'est plutôt à moi de te le demander, mon oncle ! Quelle grande joie de te voir de retour à la maison ! J'espère que tu te trouves bien dans mon ex-chambre.

– Et toi dans la mienne.

– Ma tante, je voulais t'avertir que je mange à la cantine.

Elle souleva un peu la tête.

– Très bien, Daniele. Au revoir.

Et elle reposa la joue sur sa main.

– T'es mal, comme ça.

– Laisse-moi rester encore un peu.

Il lui venait l'envie de rire. Tu parles d'un germe ! Le désert était toujours aussi stérile !

Il avait compris le but de la représentation. Parce que c'est de cela qu'il s'agissait : d'une représentation destinée à un seul spectateur : Daniele. Quand elle était sortie de la chambre après lui avoir donné un baiser, elle avait dû entendre que le jeune homme arrivait et elle était rentrée aussitôt pour donner la comédie de l'épouse inquiète, dévouée et amoureuse. C'était aussi une justification à l'éloignement de son amant : maintenant que mon mari est malade, lui disait-elle en substance, chacun doit reprendre son rôle, sans faire d'erreur.

Au moins, durant la semaine où il allait rester à la maison.

– Pourquoi tu m'as fait déplacer ici ?

– Parce que ici, c'est plus commode.

– Plus commode pour quoi ?

– Si tu as besoin de quelque chose pendant la nuit, je suis à deux pas, dit-elle en se levant. Tu m'appelles et j'arrive. Ah, écoute, j'ai défait ta valise, il y avait deux dossiers que j'ai mis sur ton bureau.

Il avait complètement oublié les papiers d'Ardizzone. Que faire ? Lui téléphoner qu'il avait encore dû en renvoyer l'examen ? Puis il pensa que c'était inutile. Mario Ardizzone avait certainement été tenu constamment au courant de son état de santé par Adele.

– Tu veux manger au lit ou tu te sens de descendre ?

– Pour te dire la vérité, je ne me sens pas de manger.

– Mais tu dois te forcer. De Caro me l'a bien recommandé. Je t'ai fait préparer un bouillon avec un œuf. Qu'est-ce que tu veux faire ?

– Je descends.

– Bien. Alors, reste encore un peu à te reposer. D'ici un quart d'heure, l'infirmière arrive.

Et elle sortit.

Au bout d'un moment, il entendit sa voix. Elle téléphonait de l'appareil posé sur la table de nuit de la chambre à coucher. Bizarre ! Malgré l'obstacle de la chambrette dans laquelle, pendant une certaine période, Adele l'avait fait dormir seul sous prétexte qu'il ronflait, en tendant bien l'oreille, on distinguait quand même quelques mots.

– … déplacer l'heure… je ne peux pas… mon mari… d'accord… essaie de me comprendre…

L'infirmière qui devait lui faire l'intraveineuse se présenta avec un peu d'avance. Et, derrière elle, Adele resta tout le temps à observer.

À table, en fermant les yeux pour ne pas voir le contenu de l'assiette, il réussit à engloutir le potage.

Ensuite, il alla se coucher pour récupérer un peu du sommeil perdu la nuit précédente. Et, avec le sommeil, il espérait retrouver un peu de force. Mais qu'est-ce que c'était que toute cette faiblesse qui lui était venue après l'opération et qui lui rendait fatigante même la station debout ?

Adele le réveilla à cinq heures et demie.

– Excuse-moi, mais tu dois prendre ton comprimé.

Hébété, incapable pendant un moment de comprendre dans quelle chambre il se trouvait, il se releva à moitié et tendit la main. Adele lui présenta le cachet, il se le glissa dans la bouche et sa femme lui donna un verre d'eau.

Avec une blouse blanche, elle aurait été une parfaite infirmière.

– Reste au lit, si ça ne t'ennuie pas. De toute façon, l'autre piqûre, c'est à sept heures.

Et, à sept heures, elle revint avec l'infirmière. Elle resta à observer sans mot dire, comme elle avait fait le matin.

Mais pourquoi se sentait-elle en devoir d'assister à une chose aussi banale qu'une piqûre intraveineuse?

Cette nuit-là, peut-être parce qu'il avait dormi beaucoup dans l'après-midi, il se réveilla qu'il était à peine trois heures passées. La chambre d'amis, c'est-à-dire celle de Daniele où il se trouvait maintenant, avait les toilettes en face. Il y alla, mais quand il sortit pour rentrer se coucher, il remarqua de la lumière qui filtrait par la porte entrouverte de la chambre conjugale. Sur la pointe des pieds, il alla jeter un coup d'œil.

Le lit était défait, mais vide. Il retourna dans sa chambre, ferma la porte. Évidemment, Adele, après s'être mise au lit, n'avait pas résisté bien longtemps et était allée trouver Daniele.

Donc, il s'était trompé: chacun devait rester à sa place dans la journée. Mais la nuit, on pouvait changer de lit et de rôle.

Le lendemain, ce fut Adele qui lui apporta le café au lit. Elle ne l'avait jamais fait en dix ans de mariage.

– Tu peux aller aux toilettes seul?

– Oui. J'y suis allé cette nuit. En fait, je t'ai appelée mais tu ne m'as pas entendu.

Il se mordit les lèvres. Il n'y avait aucune nécessité de le dire, ça. Ça lui avait échappé. Peut-être la faiblesse n'était-elle pas que physique.

– Bizarre. Qu'est-ce que tu voulais?

Il dit la première chose qui lui passa par la tête.

– Une camomille.

– Quelle heure était-il?

– Il devait être trois heures.

– Ah, je crois qu'à cette heure-là, je suis allée aux toilettes. C'est peut-être pour ça que je ne t'ai pas entendu. Tu aurais pu me rappeler au bout de cinq minutes.

– Heureusement, je me suis rendormi.

Il passa la matinée à lire les journaux que lui avait apportés Giovanni. Sauf que, contrairement à son habitude, il se refusa de regarder la nécrologie.

À l'arrivée de l'infirmière, il y eut un changement. Ce fut Adele qui remplit la seringue tout en demandant de temps en temps à la dame :

– Ça va, comme ça ?

Et ce fut encore elle qui lui serra le garrot, qui chercha la veine et lui fit la piqûre. Il ne remarqua aucune différence dans l'exécution.

Quand l'infirmière sortit de la chambre, il lui demanda :

– Pourquoi as-tu voulu le faire ?

– À partir d'aujourd'hui, c'est moi qui m'occupe de toi.

– Et tes engagements ?

– Ne t'inquiète pas. Je me suis organisée.

La nuit suivante, il se réveilla à deux heures. Et il lui vint en tête de faire un essai. Il alluma la lampe sur la table de nuit et appela :

– Adele !

Pas de réponse. Alors, il appela plus fort. Et, cette fois, entendit sa voix :

– J'arrive !

Elle surgit, odorant merveilleusement le lit.

– Tu te sens mal ?

– Non. Sauf que je n'arrive pas à m'endormir. Excuse-moi de te déranger. Tu pourrais me faire une camomille ?

– Mais bien sûr !

Et elle fit davantage. Elle attendit, couchée à côté de lui tout au bord du lit, qu'il finisse de boire toute la tisane. De temps en temps, elle tendait la main et lui caressait le front.

Mais comment était-elle faite, cette femme ? Comment se faisait-il qu'à peine il s'était formé une conviction sur sa femme, il lui suffisait d'un geste pour l'envoyer en l'air ?

Au matin du troisième jour, Adele, venue lui faire une piqûre, se présenta accompagnée d'une dame qu'il ne connaissait pas. Elle avait quelques années de moins que son épouse et était très élégante.

– Excuse-moi, je t'ai amené mon amie Aurelia. Ça m'embêtait de la laisser en bas à attendre, de toute façon je n'en ai pas pour longtemps.

Et elle commença à préparer la seringue.

Il tenta de se relever de son fauteuil, mais Mme Aurelia fut plus rapide que lui. Elle se précipita pour lui tendre la main.

– Ne bougez pas, je vous en prie. Et excusez mon intrusion, mais Adele...

La piqûre terminée, sa femme se pencha pour lui baiser le front.

– Tu as besoin de quelque chose ? Aujourd'hui, malheureusement, j'aurai un déjeuner. Mais si tu veux, je reste.

– Mais non, voyons ! Vas-y, vas-y.

– Prompt rétablissement, lui dit en souriant Mme Aurelia.

– Merci.

Deuxième représentation à l'usage de son amie Aurelia qui en parlerait certainement à ses amies.

– Vous n'avez pas idée de comment elle est avec son mari, Adele ! En plus du fait qu'elle lui fait elle-même les piqûres, elle est tellement gentille, empressée, affectueuse ! Vous savez qu'on dirait vraiment une autre personne ?

Le soir, quand Adele l'accompagna dans sa chambre, il se décida à lui poser la question qui lui tournicotait dans la tête depuis la veille.

– Demain matin... quand tu vas te lever... je peux venir ?

Elle le regarda, ébahie, elle ne comprenait certes pas ce qu'il voulait. Puis elle se souvint. Sourit.

– Bien sûr que tu peux. Je t'amène le café et puis..

Et elle tint parole.

Comme au bon vieux temps, elle lui fit assister puis participer à la cérémonie, lui tendant la brosse à cheveux. Il commença, mais dut aussitôt s'asseoir. Il ne tenait pas debout. Elle fit comme si de rien n'était. Quand ils passèrent dans le vestiaire, elle n'eut aucun mal à choisir sa tenue. Depuis qu'il était rentré, il avait remarqué qu'Adele n'avait plus porté ni pantalon ni robe de couleur vive. Des jupes en dessous du genou, des chemisiers très chastes et toujours dans des tons éteints.

– Tu m'ouvres toute l'armoire ?

– Pourquoi ?

– Je veux voir ta garde-robe.

Elle obéit, ouvrant tous les battants, sauf le dernier à gauche.

– Et celle-là ?

– Mais là, je ne garde que la robe de mariée, la robe noire et le tailleur gris.

– Ouvre quand même.

Il remarqua qu'un vêtement manquait.

– Et le tailleur gris ?

– Ah, ça ? Je l'ai envoyé dans un nettoyage à sec que m'a recommandé Gianna. Il paraît qu'ils vont réussir à faire disparaître cette vilaine tache.

La vilaine tache. Celle du sang de son premier mari.

Le matin du septième jour, elle ne lui apporta pas le café. Elle se limita à le réveiller.

– Je t'accompagne à la clinique.

– Mais ne te dérange pas, il y a Giovanni.

– Je dois t'accompagner, moi.

Elle s'était trompée dans le choix du verbe. Elle aurait dû dire "je veux", plutôt que "je dois".

Cette fois, la représentation aurait un plus grand nombre de spectateurs, les infirmières, les médecins, le professeur De Caro en personne.

– Et la valise est déjà prête.

– Quelle valise ? De Caro m'a dit que…

– Je sais. Il a réfléchi. Peut-être qu'il devra te garder quelques jours de plus.

Il sortit de clinique dix jours plus tard. Et Adele réussit, après avoir beaucoup insisté, à se faire mettre un petit lit dans sa chambre, de manière à ne pas le quitter même la nuit.

Après l'avoir examiné et réexaminé, au troisième jour de son séjour De Caro vint lui dire qu'il fallait opérer.

Le nouvelle ne le prit pas par surprise, maintenant il s'était convaincu que sa maladie était beaucoup plus grave que ce que voulait lui faire croire De Caro, qui se vantait de toujours parler clair.

– Écoutez, je vous expose la situation sans détours. Après tous les examens auxquels on vous a soumis, nous n'avons pas réussi à comprendre avec exactitude quelle est l'importance des dégâts pulmonaires. Nous avons décidé que la seule chose à faire, c'est d'ouvrir et d'aller voir.

Durant le discours du professeur, Adele lui tint toujours la main serrée avec force, au point de lui faire un peu mal aux doigts.

– Mais tes occupations ? lui demanda-t-il un après-midi.

– Ne t'inquiète pas. Je me suis fait remplacer temporairement.

Bien sûr, la sentir si proche était d'un grand réconfort.

Le quatrième jour, Daniele se présenta. À ce moment, il était seul, Adele était allée à la maison pour répondre à quelques nécessités.

– Tu m'as l'air d'aller très bien, mon oncle. Je suis venu te dire au revoir et te remercier de tout. De temps en temps, je viendrai te voir.

– Mais j'espère ne pas rester en clinique si longtemps…

– Je ne disais pas ici, mon oncle, mais chez toi. J'ai déménagé dans un studio que la tante m'a trouvé. J'y resterai jusqu'à ce que tu te sois complètement remis.

Il n'avait pas l'air content en disant cela. Bien au contraire.

Adele lui avait donné son congé.

## 11

– Il n'y a pas eu besoin de t'opérer, lui dit Adele en lui tenant la main dès qu'il émergea un peu de l'étourdissement de l'anesthésie.

Comme il ne réussissait pas encore à parler, la question de pourquoi on ne l'avait pas opéré, il la posa avec les yeux.

– Ce n'était pas une métastase. Ils t'ont ouvert inutilement.

Il fit un geste qu'Adele encore une fois interpréta correctement.

– Non, ils ont bien fait, sinon on restait avec le doute…

– Mais alors… qu'est-ce que c'était, cette ombre ? réussit-il à articuler tant bien que mal.

– On me l'a expliqué, mais je n'ai pas compris grand-chose.

Il lui serra la main du plus fort qu'il put, l'invitant à continuer.

– On m'a dit que c'était comme un caillot qui s'était formé et qu'ils vont essayer de le dissoudre par la pharmacopée. Mais ils m'ont avertie que ça sera long et plutôt débilitant.

Un caillot ? Et de quoi ? Qu'est-ce qui pouvait former un caillot par là ? Du catarrhe ? Du sang ? Mais pour l'instant, il y avait plus important à demander. Toujours avec les yeux, parce que le peu de mots qu'il avait dits l'avaient épuisé, il lui posa une autre question.

– Tu peux être tranquille, De Caro a dit que d'ici trois jours, maximum, on peut rentrer à la maison.

Il s'assoupit, un peu rassuré.

Du moins, il y avait ça de bon : la maladie lui ferait gentiment passer le reste de son service hors de la caserne-hôpital.

Mais cette fois, ce ne fut pas Giovanni qui vint le prendre et Adele ne s'offrit pas de le raccompagner à la maison dans sa voiture. Il ne valait mieux pas.

– Tu es trop faible. Et si tu t'évanouis pendant que je conduis ? De toute façon, De Caro veut qu'on fasse comme ça.

Deux infirmiers le mirent sur une civière, l'enfournèrent dans une ambulance et, quand on fut arrivé, c'est toujours sur sa civière qu'on le porta à l'étage et ce fut eux qui le mirent au lit.

Et à la maison il trouva une autre nouveauté : sa chambre n'était plus celle de Daniele, mais Adele avait voulu que ce soit de nouveau, après tant de temps, la chambre conjugale.

– Et toi ?

– Je me suis arrangée dans la petite chambre à côté.

Celle où, autrefois, elle l'avait envoyé dormir parce qu'il ronflait trop, après l'amour.

De ce jour-là, Adele ne sortit pratiquement plus de la maison. Ses absences duraient deux heures au maximum.

Maintenant, on était passé à trois piqûres par jour et c'était toujours elle qui les lui faisait.

– Chez nous, je ne veux pas que d'autres mains te touchent.

Et elle ne se trompait jamais sur l'heure de prise des médicaments.

Quoiqu'il fût presque toujours au lit, il se sentait épuisé. Et souvent une puissante somnolence s'emparait de lui. Très étrange, parce que ça lui arrivait à n'importe quelle heure de la journée.

– Mais pourquoi est-ce que je me sens comme ça ?

– De Caro me l'a dit, que les réactions possibles à ce type de traitement, c'était une sensation de faiblesse et la somnolence. Ne t'inquiète pas.

Sois tranquille. Ne t'inquiète pas. Ne t'agite pas.

Dix fois par jour au moins, sa femme lui disait ces paroles. C'était justement cette répétition, devenue presque mécanique, qui ne le tranquillisait pas, l'inquiétait et l'agitait.

Il aurait pu faire une chose très simple : téléphoner à Caruana et se faire dire la vérité. Et de fait, une ou deux fois, il prit le portable mais au dernier moment il lui manqua le courage de composer le numéro. Et puis, la savoir ou ne pas la savoir, la vérité, qu'est-ce que ça changeait ?

Il n'avait plus envie de rien faire, il avait du mal à regarder les journaux.

Son cerveau avait du mal à fonctionner, comme si les engrenages manquaient de lubrifiant.

Un matin, son regard tomba sur un fait divers. Un vieux parrain mafieux, Giuseppe Torricella, avait été renversé et tué par un chauffard. Est-ce qu'il ne le lui avait pas dit, le commandeur Ardizzone, qu'une année, pour Torricella, ça serait long à passer ? Donc, l'affaire de la firme était beaucoup plus louche que ce qu'il avait pensé. Heureusement que… Et ce fut alors que les deux dossiers lui revinrent à l'esprit.

Adele était en train de téléphoner sur son portable depuis la chambre. Étant donné que la cloison n'était faite qu'en plaque de plâtre, on entendait presque tout ce qu'elle disait malgré la porte fermée.

– Non, je t'en prie… n'insiste pas… avec mon mari dans cet état… je ne me sens pas… je te répète que non… ne fais pas l'idiot… excuse-moi…

Un amant qui voulait la voir ? Ou peut-être Daniele lui-même, qu'il n'avait pas revu depuis qu'il était passé à la clinique lui dire au revoir ?

Adele finit son coup de fil et ouvrit la porte. Il l'appela.

– Je t'écoute.

– Il faudrait avertir Mario Ardizzone.

Il aurait très bien pu le faire, mais ça ne lui convenait pas d'expliquer une situation que lui-même ne comprenait pas très bien.

– De quoi ?

– Il faudrait lui dire que je ne peux pas encore… Et que je ne sais même pas quand… Bref, s'il veut récupérer les dossiers…

– Mais il les a repris !

– Quand ?

– Le deuxième jour que tu es revenu.

– Il a envoyé quelqu'un ou il est venu ?

– Il est venu en personne.

– Et pourquoi n'est-il pas venu me dire bonjour ?

– Tu t'étais endormi et il n'a pas voulu te déranger.

Et, donc, les Ardizzone s'étaient débarrassés de lui sans perdre trop de temps. Et la mort de Torricella pouvait-elle être une conséquence de sa maladie ? Si ça se trouvait, les Ardizzone, à sa place, avaient déniché quelqu'un qui avait exigé de plus importantes garanties. Pendant un instant, il fut absurdement content d'être tombé malade.

Un jour qu'Adele lui faisait sa première piqûre matinale, de la fenêtre ouverte, un rayon de soleil vint éclairer la tête de sa femme qui était un peu penchée en avant, pour suivre le transfert du produit de la seringue dans la veine.

Ce fut ainsi qu'il nota un détail qui le fit sursauter. Si fort que son épouse s'en aperçut.

– Attention ! Que diable fais-tu ?

– Excuse-moi, j'ai eu un frisson de froid.

Au milieu des cheveux blonds d'Adele, il y en avait trois qui, sans équivoque, étaient blancs.

Et il remarqua aussi que les cheveux n'étaient pas soignés comme d'habitude, en plus d'être en désordre ; peut-être ne se les était-elle pas lavés depuis quelques jours. Il la scruta avec davantage d'attention.

Sur les bras, elle avait une très légère apparition de poils, ses ongles n'étaient plus étincelants. Bien sûr, à la clinique, elle n'avait pas eu la possibilité de prendre soin de sa beauté, mais cela faisait un moment qu'ils étaient rentrés. Et alors, comment expliquer ça ? Peut-être que la cérémonie matinale risquait de lui prendre trop de temps, l'empêcherait de se consacrer à lui depuis le réveil.

Et elle y avait renoncé sans faire d'histoires.

Où était passée Barbie ? Combien de fois, en lui-même, il l'avait appelée ainsi quand il avait pensé avoir épousé une poupée de plastique, toujours impeccable, qui avait une armoire pleine de vêtements, une poupée avec laquelle il pouvait jouer autant qu'il voulait, mais privée d'âme et de sentiments ?

L'injection terminée, Adele se releva.

Et il vit que la jupe n'était pas assortie avec le chemisier et qu'elle portait des savates.

Elle se négligeait.

– Je te fais préparer le potage habituel ?

Il ne répondit pas. Il la fixait, stupéfait. Mais quand donc étaient apparues ces deux petites rides aux coins de la bouche ?

– Alors, je te le fais préparer, ou pas ?

Tu veux voir qu'il s'était toujours trompé sur le compte de sa femme ? Qu'il avait vécu à ses côtés pendant dix ans sans jamais la comprendre ? Peut-être bien qu'à présent elle ne songeait plus du tout à elle, parce qu'elle ne songeait qu'à lui. Et alors, le désert ? L'aridité des sentiments ? Rien que des histoires qu'il s'était imaginées ?

Ou bien la vraie, la simple vérité, c'était celle qu'il avait devant lui : une pauvre femme qui, par amour pour lui… Voui monsieur, qui par amour pour lui était en train de châtier durement ce corps qu'elle avait tant soigné, elle lui refusait sans pitié ce qu'elle lui avait toujours accordé volontiers.

– Tu me dis ce que tu veux ?

– T'embrasser.

Ça lui avait jailli du cœur.

Elle écarquilla les yeux, émit un son bizarre, comme un gémissement, et puis s'assit sur ses genoux, lui entoura le cou de ses bras, l'embrassa et commença à pleurer. À chaudes, irrépressibles larmes.

Adele démissionna de la présidence du cercle de la banque, du cercle de bridge et de la vice-présidence de la société qui gérait l'équipe de foot.

– Mais pourquoi t'as fait ça?

– Je n'ai plus le temps.

– Mais tu pourrais faire appel à une infirmière.

– Je ne veux pas.

Elle n'avait gardé que la présidence de l'association de bienfaisance. Et tenait quelques réunions à la maison. Plus dans le salon du rez-de-chaussée, mais bien dans l'ex-chambre de Daniele qu'elle avait fait meubler avec une grande table ovale. Elle y avait amené aussi son élégant bureau personnel.

– Comme ça, même si je suis en réunion, il suffit que tu m'appelles et j'arrive.

Elle se présentait aux membres du conseil comme elle était mise sur le moment, sans se soucier de se changer, en se donnant au maximum un rapide coup de peigne. Et avant chaque réunion elle demandait immanquablement:

– Vous voulez dire bonsoir à mon mari?

Et les dames apparaissaient sur le seuil.

– Très cher ami!

– Comment va?

– Vous avez un teint splendide.

– On voit qu'Adele vous traite bien!

– Eh! Adele est unique!

Et elles lui souriaient comme à un minot. Et lui, tout en répondant aux salutations et aux compliments, il en avait vraiment plein le cul.

À présent, il parvenait à se sortir du lit trois fois par semaine pour une brève promenade, un aller et retour le long du couloir, toujours soutenu par Adele. Il commençait à avoir du mal à respirer, on lui mit donc près du lit une bombonne d'oxygène. Mais il ne s'en servait que quand il ne pouvait faire autrement. Et ce fut ainsi qu'un matin, alors qu'il était couché avec des tubes d'oxygène enfilés dans les narines, il entendit une voix masculine dans le couloir. Puis Adele entra, souriante.

– Une surprise pour toi.

Et elle se mit de côté pour laisser passer un garçon élégant que, dans un premier temps, il ne reconnut pas.

– Papa !

Il se laissa étreindre et embrasser sans même avoir la force de retirer les tubes de son nez.

– Comment... comment ça se fait ?

– Adele m'a téléphoné en me disant que tu as été malade et alors...

Il s'émut comme un vieux, avec le menton tremblant, sans larmes.

Les deux jours que son fils passa avec lui s'envolèrent en un tournevire. Mais est-ce que ce furent vraiment deux jours, ou bien trois ? Ou juste une demi-journée ? Le temps était devenu pour lui un problème, impossible de le calculer comme avant. Chaque fois qu'il fixait la montre qu'il avait sur la table de nuit, il ressentait de la surprise. Les heures et les jours avaient des accélérations et des ralentissements mystérieux, inexplicables.

– Pourquoi tu me fais la piqûre maintenant ? Il ne faut pas laisser passer trois heures après la pilule jaune ?

– Mais elles sont passées !

Ou bien :

– Hier, tu m'avais dit que...

– Je ne te l'ai pas dit hier, mais il y a au moins quatre jours.

Quand son fils vint lui dire au revoir avant de rentrer à Londres, Adele les laissa seuls pour qu'ils puissent se parler librement. Mais père et fils n'avaient rien à se dire.

– Dès que tu te remets, viens me voir à Londres. Promets-le-moi.

– Je te le promets.

Mais il savait qu'il n'arriverait jamais à aller à Londres.

Son fils l'étreignit très fort et lui murmura à l'oreille quelque chose qu'il ne comprit pas.

– Hein ?

– Je voulais te demander pardon.

– De quoi ?

– De ce que je t'ai dit quand tu m'as annoncé que tu comptais épouser Adele. Je me suis trompé. J'ai vu qu'elle tient vraiment à toi.

Un matin qu'Adele était sortie, se sentant un peu de force, il sortit du lit et se mit à traîner à travers la maison. De temps en temps, il était contraint de s'asseoir sur le premier siège à sa portée, il restait comme ça jusqu'à ce qu'il reprenne son souffle et ensuite recommençait à marcher. Pour ce motif, à un certain point, il se retrouva à se reposer sur la chaise devant le bureau de sa femme dans la pièce qui servait maintenant pour les réunions. Et son œil tomba sur une lettre qu'elle avait laissée en cours d'écriture. Elle était pour Gianna, son amie de cœur.

*Chère Gianna,*

*Nous avons si peu d'occasions de parler longuement que je suis obligée de t'écrire pour t'exposer la situation déplaisante qui s'éterniste depuis trop longtemps avec Daniele. Il insiste avec des coups de fil, des messages, des lettres et même quelquefois en se plantant devant le portail, pour avoir la grâce, il dit exactement comme ça, la grâce, d'être encore une fois avec moi. Une seule et dernière fois, il dit. Il a un tel désir de moi que parfois il m'émeut.*

*Mais je sais très bien que si je devais céder, nous recommencerions tout depuis le début. Et moi, je ne veux pas de ça. Son absence, certaines nuits, m'est carrément douloureuse. Mais pense à ce qui pourrait se passer si nous étions par malheur découverts durant une rencontre hors de chez moi. Je n'aurais plus le courage de me montrer ! Avec mon mari gravement malade, et dont je ne sais pas combien de temps il lui reste à vivre. Comme tu sais, quand ils l'ont ouvert, ils se sont aperçus que ce n'était même pas la peine de l'opérer. Toi-même, tu m'as demandé, quand je suis revenue de la clinique, ce qui m'était arrivé. Je ne saurais pas te le dire moi-même. Ou peut-être que je suis en mesure de te le dire en surmontant une certaine gêne : je me suis aperçue que j'aimais mon mari. Et peut-être que je l'ai toujours aimé. Daniele, qui n'a rien compris, me dit : bon, d'accord, si tu ne veux pas maintenant, tu dois me promettre qu'après, quand il ne sera plus là, tu me reprendras chez toi. Non seulement je ne peux pas le lui promettre, mais je voudrais qu'il se rende compte que, après, il ne pourra plus rien y avoir avec lui. Ni avec un autre. Si tu pouvais trouver le moyen de parler à Daniele en lui expliquant*

Qu'à la clinique on l'ait ouvert et refermé parce qu'il n'y avait plus rien à faire, c'était une chose qu'il avait toujours su. Mais il l'avait toujours gardé au fond de lui. En le repoussant le plus profond possible. C'était une vérité qu'il ne voulait pas laisser affleurer parce que le courage lui manquait.

Mais si maintenant il chancelait parce que le souffle soudain lui manquait, ce n'était pas d'avoir appris ce qu'il avait toujours deviné, mais c'était sous le coup de la violente émotion qu'il éprouvait en lisant qu'Adele s'était aperçue qu'elle l'aimait. Et peut-être depuis toujours.

À grand-peine, il réussit à se lever, à se traîner jusqu'à sa chambre, à se recroqueviller sur le lit, à se glisser les canules d'oxygène dans les narines. Mais comment avait-il pu la comparer à Barbie, ou pire, à une poupée gonflable ? Quand il s'était rendu compte qu'Adele, après les premières années de mariage, avait commencé à fréquenter d'autres hommes, il en avait attribué la faute à sa nature à elle, à la faim qui habitait toujours son corps. Mais est-ce qu'il en était allé vraiment ainsi ? Ou bien était-ce lui qui, ne la comprenant pas, l'avait repoussée, l'avait contrainte à un rôle auquel Adele, les premiers temps, avait essayé de se soustraire ? D'autre part, il était vrai que pas une fois, jamais, elle ne lui avait demandé : "Tu m'aimes ?" Et lui, le lui avait-il jamais demandé ? Mais pourquoi était-il monté sur ses grands chevaux à la première trahison ? Il eût suffi de peu pour la récupérer, peut-être qu'une violente engueulade aurait été utile. Et au contraire… Adele, à peine entrée dans la chambre, s'aperçut qu'il était plutôt agité. Elle voulut qu'il prenne sa température. Il résista, mais elle insista. Trente-huit trois.

– J'appelle tout de suite De Caro.

– Non.

– Pourquoi ? Tu te mets à me faire des caprices ?

– Tu vas voir que ça va me passer tout de suite. Tu me rends un service ?

– Bien sûr.

– Tu te couches à côté de moi ?

Elle lui obéit dans un grand élan.

Le lendemain, il refit la même chose. Il voulait voir si Adele avait terminé la lettre. Mais quand il posa le regard sur le bureau, la lettre n'était plus là. Sa femme l'avait terminée et expédiée. Mais dans la corbeille à papier, il vit un feuillet roulé en boule. Il se pencha à grand-peine, le prit, l'étala de la main, le lut.

*Il a fait un testament ? Regarder dans les tiroirs de la grande armoire.*

*Réversibilité de la pension. Tout entière ou juste une partie ?*

*Téléphoner à la banque pour rendez-vous avec Verdini, le successeur.*

*Agence de pompes funèbres. À qui s'est adressée Gianna quand son frère est mort ?*

*Funérailles de première classe.*

*Messe solennelle ?*

*A expiré dans la sérénité*
*(muni des sacrements religieux ? Oui : le persuader)*
*A sereinement décédé*

*A fermé les yeux dans la paix du Seigneur*

*Ont le triste devoir d'annoncer*
*(l'enterrement s'étant déroulé ?)*
*(les obsèques s'étant déroulées ?)*
*(Ou bien les funérailles se dérouleront dans l'église de… à telle heure…)*
*L'inconsolable/désolée/désespérée épouse Adele et le fils*
*(femme anglaise ? comment elle s'appelle ?)*

*Sur combien de journaux ? S'informer sur les tarifs.*
*Coups de fil au moment du décès : faire la liste.*

*Demander son aide à Daniele ?*

Il sentit qu'il perdait connaissance, la pièce commença à tournoyer autour de lui. Un bain de sueur le trempa d'un coup. Il ferma les yeux.

Après, il roula de nouveau la feuille en boule, la jeta dans la poubelle, réussit à se relever, commença à marcher dans le couloir en appuyant de l'épaule contre le mur et en avançant sur le côté, en crabe, passa la porte ouverte, entra dans son bureau, s'écroula dans le fauteuil, appuya la tête sur la table et resta ainsi. Avec sa respiration qui faisait un bruit de soufflet. Quand il se sentit un peu plus de force, il ouvrit le tiroir et sortit la mallette du pistolet.

Il avait bien réfléchi. Mort pour mort, il allait se suicider. Une balle dans la tête. Et, ainsi, il baiserait définitivement Adele. Adieu la nécrologie déjà toute prête avec les sacrements religieux, les sereinement décédé, les yeux clos dans la paix du Seigneur !

Quelle honte, un mari suicidé ! Pas de messe à l'église, pas de curé, pas de funérailles solennelles. Au mieux, une cérémonie à expédier en douce, à l'aube ou à la tombée de la nuit, que moins il y aurait de monde et mieux ce serait.

Allez l'expliquer, dans une nécrologie, qu'un type s'est tiré une balle dans la tête ! Et même si Adele ne l'expliquait pas, les gens le sauraient quand même. Et elle perdrait la face devant tout le monde.

Il ouvrit la mallette. Se pétrifia. Elle était vide.

Adele, craignant un geste désespéré à cause de la maladie, avait pris le pistolet et l'avait caché.

Tremblant de rage, il réussit à se lever, à retourner dans le couloir, mais trouva fermée la porte entre les deux appartements. Peut-être un coup de vent. Il tenta de la rouvrir, mais n'y parvint pas.

Ensuite, il lui sembla que la nuit était tombée d'un coup et il tomba à terre.

Il ne parvint plus à manger. Respirer lui devint difficile. Il toussait sans arrêt et sa femme essuyait le catarrhe avec un mouchoir de papier.

C'était un corps inerte. De temps en temps, à grand-peine, Adele le mettait tantôt sur un côté, tantôt sur un autre pour lui éviter l'apparition d'escarres. Ensuite, elle lui faisait des piqûres diverses qui lui anéantissaient le cerveau et le faisaient dormir longtemps.

La seule question qu'il réussissait encore à se poser, mais confusément, était : "Combien de temps il me reste ?"

Mais depuis un moment le temps avait cessé de ralentir ou d'accélérer. Maintenant, il lui était très difficile de distinguer le jour de la nuit, le soir du matin, parce que le temps était devenu un liquide gélatineux qui coulait toujours pareil et sans jamais changer de couleur.

Une fois, il se sentit touché par des mains différentes de celles auxquelles il s'était maintenant habitué. Il ouvrit les yeux et il lui sembla voir De Caro. Qu'est-ce que ça voulait dire ? Il était encore chez lui ou on l'avait de nouveau ramené à la clinique ?

Un matin, ou un soir, ou une nuit, Adele le réveilla pour lui donner le premier, ou le deuxième, ou le troisième cachet.

Et lui, dans un éclair de lucidité, vit qu'elle s'était présentée comme au bon vieux temps, de nouveau en ordre parfait, coiffée, sur son trente et un.

Elle portait le tailleur gris.

NOIRS

CHEZ LE MÊME ÉDITEUR

João AGUIAR
*Les Mangeurs de perles*

Fernando AMPUERO
*Caramel vert*

Giulio ANGIONI
*L'Or sarde*

Lilian BATHELOT
*Le Rire d'Olga*

Jean-Baptiste BARONIAN
*Le Vent du Nord*
*L'Été est une saison morte*
*L'Apocalypse blanche*
*Quatuor X*

Joseph BIALOT
*186 marches vers les nuages*

Maurizio BRAUCCI
*La Mer détraquée*

Andrea CAMILLERI
*L'Opéra de Vigàta*
*Le Coup du cavalier*
*La Disparition de Judas*

Ottavio CAPPELLANI
*Qui est Lou Sciortino ?*

Gilles CARD
*Art et pratique du chaos*
*Question de symétrie*
*Libera me*
*Nomad's land*

Massimo CARLOTTO
*Arrivederci amore*
*Le Maître des nœuds*
*Rien, plus rien au monde*
*L'Immense Obscurité de la mort*
*Padana City* (avec M. Videtta)

Hannelore CAYRE
*Commis d'office*
*Toiles de maître*
*Ground XO*

Pierre CHRISTIN
*Petits Crimes contre les humanités*

Sandrone DAZIERI
*Sandrone et Associé*
*Sandrone se soigne*
*Le Blues de Sandrone*

Giancarlo DE CATALDO
*Romanzo criminale*
*La Saison des massacres*

Jean-Paul DELFINO
*L'Ile aux femmes*
*Tu touches pas à Marseille*
*De l'eau dans le grisou*
*Embrouilles au vélodrome*

Gérard DELTEIL
*Mort d'un satrape rouge*
*KZ, retour vers l'enfer*

Pablo DE SANTIS
*La Traduction*
*Le Théâtre de la mémoire*

Ramón DÍAZ-ETEROVIC
*Les 7 Fils de Simenon*
*La Mort se lève tôt*
*Les Yeux du cœur*
*La Couleur de la peau*

Piergiorgio Di Cara
*Ile noire*
*L'Ame à l'épaule*
*Verre froid*

Ted Escott
*Opération Greenback*
*Money is Money*

Jorge Franco
*La Fille aux ciseaux*

Santiago Gamboa
*Perdre est une question de méthode*

Mempo Giardinelli
*Le 10e Cercle*
*Luna caliente*
*Les Morts sont seuls*

Laura Grimaldi
*Le Soupçon*
*La Peur*
*La Faute*

Arnaldur Indridason
*La Cité des jarres*
*La Femme en vert*
*La Voix*
*L'Homme du lac*
*Hiver arctique*

Mine G. Kirikkanat
*La Malédiction de Constantin*

John Lantigua
*Le Meilleur des Havanes*

Amid Lartane
*L'Envol du Faucon vert*

David Le Breton
*Mort sur la route*

Dick LOCHTE
*Blue Bayou*

Loriano MACCHIAVELLI
*Les Souterrains de Bologne*
*Bologne ville à vendre*
*Derrière le paravent*

José Angel MAÑAS
*Je suis un écrivain frustré*
*L'Affaire Karen*

Nino MARINO
*Le Rouge de Pompéi*

Bruce MAYENCE
*Les Guenons*

Rosa MONTERO
*Le Territoire des Barbares*
*La Fille du Cannibale*

MONTERO GLEZ
*Soif de champagne*

Leonardo PADURA
*Electre à la Havane*
*Mort d'un Chinois à la Havane*
*L'Automne à Cuba*
*Passé parfait*
*Vents de carême*
*Adios Hemingway*
*Les Brumes du passé*

Zelda POPKIN
*Le Cadeau du mort*

Serge QUADRUPPANI
*Y*
*La Forcenée*
*Corps défendant*
*La Nuit de la dinde*
*Au fond de l'œil du chat*

Luis SEPÚLVEDA
*Un nom de torero*
*Journal d'un tueur sentimental*
*Yacaré/Hot Line*

Jean-Marie THIVEAUD
*La Nuit des monstres*

Arni THORARINSSON
*Le Temps de la sorcière*
*Le Dresseur d'insectes*

Grazia VERASANI
*Quo vadis, baby ?*
*Vite et nulle part*

Jacques VETTIER
*Juge et partie*
*Nécroprocesseurs*

Marco VIDETTA
*Padana City* (avec M. Carlotto)

Louise WELSH
*Le Tour maudit*

*Cet ouvrage a été composé par*
*Atlant'Communication*
*aux Sables-d'Olonne (Vendée)*

*Impression réalisée sur CAMERON par*
*CPI Firmin Didot*
*à Mesnil-sur-l'Estrée*
*en octobre 2009*

N° d'édition : 0727002 – N° d'impression : 97238
Dépôt légal : octobre 2009

*Imprimé en France*

Informez-vous sur nos programmes
et nos parutions sur notre site :
www.editions-metailie.com